U0729253

生活·认知·成长
青春励志故事

飞翔的纸蝴蝶

想象卷

杨晓敏◎主编

地震出版社

图书在版编目（CIP）数据

飞翔的纸蝴蝶：想象卷 / 杨晓敏主编 . —北京：地震出版社，2012.6
（生活·认知·成长青春励志故事）
ISBN 978-7-5028-4055-6

Ⅰ.①飞… Ⅱ.①杨… Ⅲ.①短篇小说 – 小说集 – 中国 – 当代
Ⅳ.①I247.7

中国版本图书馆 CIP 数据核字（2012）第 054955 号

地震版　XM2688

飞翔的纸蝴蝶——想象卷

主　　编：杨晓敏
执行主编：马国兴　王彦艳
责任编辑：赵月华
责任校对：孔景宽　凌　樱

出版发行：地震出版社

北京民族学院南路 9 号　　　　邮编：100081
发行部：68423031　68467993　　传真：88421706
门市部：68467991　　　　　　　传真：68467991
总编室：68462709　68721982　　传真：68455221
E-mail：seis@ mailbox. rol. cn. net
http：//www. dzpress. com. cn

经销：全国各地新华书店
印刷：北京振兴源印务有限公司

版（印）次：2012 年 6 月第一版　2012 年 6 月第一次印刷
开本：710×1000　1/16
字数：207 千字
印张：15
书号：ISBN 978-7-5028-4055-6/I（4733）
定价：28.00 元
版权所有　翻印必究
（图书出现印装问题，本社负责调换）

序

杨晓敏

好书是具有生命力的。一本好书，我们拿在手上，揣在兜里，或者放在枕边，会感觉到它和我们的心一起跳动。在日常的学习生活中，我们每天都在用最经济的时间、精力和财力，收获着超值的知识、学问和智慧，于是我们自己，就在一天天地充实厚重起来。

优秀的短篇小说，就是这样的好书。它是顺应现代人繁忙生活而发展成的一种篇幅短小的小说。跟一般小说一样重视场景、个人形象、人物心理、叙事节奏。优秀的作者可写出转折虽少却意境深远，或转折虽多却清新动人的作品。

现在，许多优秀的作者舒展超感的心灵触觉，用生花的妙笔，把小小说从文学神坛上牵引下来，在我们广大读者面前，展现出一幅幅五颜六色的生活画卷，或曲折离奇，或险象环生，或嬉笑怒骂，或幽默诙谐。于是，阅读一本小小说，就成了繁忙生活的轻松点缀，紧张学习的有效调剂，抹平了你我微皱的眉头，漾起了会心一笑的嘴角。

我们精心编选的这套"生活·认知·成长青春励志故事"小小说丛书，每一辑都包含了"悟性""创意""想象""品味""风尚""情愫"六卷，并围绕这六个主题，选取当代国内知名作家的精品力作，

1

各自汇编成书，具有强劲的文学感染力。篇篇都耐人寻味，本本都精挑细选，既是青少年认识社会的窗口、丰富阅历的捷径，又堪称写作素材的宝典。作品遴选在注重情节奇巧跌宕，阅读效果峰回路转、柳暗花明的同时，注重价值取向，旨在引导青少年全面、客观地认识社会，开阔视野和胸怀，提高综合素质，进而确立正确的人生观、价值观。

在这套书里，我们推荐给青少年读者的是充满活力的大众文化形态的小小说佳品荟萃。所选择的作品，尽量体现质朴单纯，而质朴不是粗硬，单纯不是单薄；体现简洁明朗，而简洁不是简单，明朗不是直白。它们是理性思维与艺术趣味的有机融合，是人类智慧结晶的灵光闪烁，是春风化雨滋润心灵的真情倾诉，是鲜活知识枝头的摇曳多姿，是青少年读者嗅得着的缕缕墨香。

知识没有界线，可以人类共享，只要是具有优良质地的文化产品，都能互补、渗透、影响和给人以启迪。任何一粒精壮的知识种子，播撒在人们的心灵深处，都会开出艳丽的花朵，结成高尚的果实。

青年出版家尚振山先生以极大的热情，独到的眼光，精心策划了这一套"生活·认知·成长青春励志故事"丛书，我和同仁马国兴先生、王彦艳女士应邀参与编纂，当然也愿意大力推荐给广大青少年朋友们。

2012 年春

飞翔的纸蝴蝶
contents 目录

栗虚谷

○杨小凡

　　栗虚谷的父亲是咸丰年间的举人，曾做过巴东知县，后因官场排挤被削官还乡。回乡的栗知县，前思后想后思前想，最后总结出官场失意的原因：一是上任没有贪，无钱走动；二是举人出身，难以结交朝中大臣。于是，他做出两个决定：一是自己从商，积蓄钱财；二是择名师让儿子栗虚谷苦读。

　　可栗虚谷却不买这个账。他考取秀才后再也不参加乡试，只热心于画画。栗知县很是气恼，打，苦打，毒打，都不见效；劝，苦口婆心的劝更动不了他的心。栗知县只得退而求其次，做一个有钱人吧。但栗虚谷对做生意同样不感兴趣，唯一喜欢的就是画画。

　　栗虚谷在画画上确有悟性，先是工笔。十四岁上，所画花鸟虫鱼山石水树无不惟妙惟肖。这年秋天，药都老鼠奇多，连栗知县的书房里都常有老鼠乱蹿，栗知县气而无法，猫儿撑得夜间都不动了。一天，栗虚谷把自己画的一幅猫挂在了父亲的书房。栗知县并不在意。但当天夜里就没有听见老鼠的动静。天亮时，画已被家里的那个花猫拽在了地上，花猫蹲在画旁，跳起落下，跳起落下，欲前捕而不敢。站在一旁的栗知县会心地笑了：谷儿定成大器！

　　画如其人。栗虚谷二十岁时已以画钟馗而名扬江淮。一次，父亲的故旧苏知州路过药都进栗家相见。饭后，栗知县提出要栗虚谷画一钟馗图送知州。栗虚谷展开画纸，握笔蘸墨，皴、擦、勾、斫、点、梁、抹、拂，片刻之后，一幅钟馗捉鬼图现在纸上：钟馗蓝衫半披，露着右肩，右脚蹬鬼下腰，左手提鬼发髻，左手食指剜鬼右眼，一身之力、气、色、眼、貌、神全在左手食指。苏知州看一眼钟馗那入鬼眼的食指，先吸了一口气，又向后退了半步，愣怔不语。栗知县开口道："知州看不上？"苏知州忙答："不，不，公子画功超凡，只是老夫觉得有点骇人，不夺爱了，不夺爱了。"栗虚谷哈哈大笑，掷笔，出门，大步而去。

人曰，四十不惑。栗虚谷四十岁上却一改从前，画风也变，只攻梅兰竹菊。见其画者，无不称其精妙。被称为药都第一伽蓝的白衣律院住持一空，早想请栗虚谷为影墙题画。腊八放粥这天，栗虚谷被大和尚请到白衣律院。栗虚谷在影墙前沉思一会儿，突然登上桌子，手握巨笔，饱蘸浓墨，笔触影墙壁飒飒有声。一个时辰，一幅"风雨竹石"跃然墙上：只见一根瘦竹依于石旁，暴雨之下，挺力向上，显参天凌云之势，几簇秃笔所画的扁方状竹叶倾斜飞动，疾风的狂欢，竹子的苦斗，令观者缩肩生寒……观者啧啧称奇，栗虚谷也心中自喜。栗虚谷退出人群时，却见一面生法师独凝眉不语，很是不解，问之："法师有何见教？""老僧乃从九华山来此挂单，有幸一睹先生手笔，本是造化了，哪有见教？"法师笑而要走。栗虚谷紧跟一步："刚才见法师皱眉，愚作定有破绽。请点拨一二！"法师看一看栗虚谷，就说："先生画功已超俗，但画不难于小而难于大，而最难者乃气节也。先生所画竹子，一如愤世之勇夫，未能脱凡夫之气节！"说罢，拱手而去。过了春节，栗虚谷离开了药都。

五年后，栗虚谷回到药都。想见他的画已成为时人的幸事。关于他的传说更是纷纭不一，有一点是真的，栗虚谷不再用笔作画，而改以用手指作画，但并没有人见过。接下来的几年，往来求画的各色人等你来我往，但极少几个人见到栗虚谷的手指画。这事就气恼了土匪费大手。费大手的手大如蒲扇，本是福相，可考取秀才后四次乡试均未中举，在一场官司中家败人亡，遂聚众做匪，专与官府作对。

一个大雪夜，栗虚谷被费大手绑走。费大手只有一求，就是要栗虚谷用手作画一幅。栗虚谷知费大手身世就答应下来。香墨研好，宣纸铺平，栗虚谷右手放入墨中，浸透了，抬起手，五指叉开，指掌并用，在雪白的纸上纵横回旋；如是数次，只见雪白的宣纸上黑白一片。费大手和众匪正在纳闷，却见栗虚谷五指醮墨，在纸上不停地点点画画。栗虚谷直腰洗手时，众人才见"湖心亭赏雪图"展在面前：远处，烟云飘浮，雾气迷蒙，天与云与山与水上下一白，湖上影子，惟长堤一痕，湖心亭一点，墨迹三两而已；近瞅，亭上两人铺毡对坐，谈性正浓，一童子鼓腮吹火烧酒，炉沸汽升……这天夜里，栗虚谷被送到家中，院内放白银千两。据说，费大手从此离了匪道，云游四方。此为后话。

栗虚谷五十岁这年的春天，他正在玉皇庙街的家中品茶看书，一官差进门："栗先生，御使大人明天即到药都，知府大人请你做好准备，明日御使大人要看你的手指画！"栗虚谷望了一眼官差："我要不去呢？""你，你能给土匪费大手画画，为何不能给御使作画？就以通匪办你！"栗虚谷起身，哈哈大笑。

当夜，栗虚谷自剁了右手。

谁亲眼见到丑陋的犹大

○叶仲健

这天，礼拜结束后，有个叫乔治的年轻人在教堂的甬道处停下脚步，昂着头，欣赏起挂在墙壁上的那幅《最后的晚餐》。

"你知道哪个是犹大吗？"身后传来一个声音。

乔治回头一看，原来是刚才在台上讲道的老牧师。

虽然乔治只是一个新教徒，但他从小就知道犹大是出卖耶稣的人。既然是反面人物，肯定有着反面人物所固有的嘴脸。

乔治的眼睛扫过画面上的每一个人。令他惊讶的是，画上的每一张面孔看起来都显得极其安详恬静，他无法确切地指出哪个才是犹大。

乔治羞赧地朝老牧师摇摇头。老牧师笑着说："看不出哪个是犹大不是你的错。让我来给你讲个故事吧。"

二十多年前，在画家莱昂纳多·达·芬奇极负盛名的时期，有一天，当地有个叫麦吉尔的牧师来拜访达·芬奇，邀请他为新建设好的教堂画一幅画。主题就是《新约圣经》里所记载的"耶稣和他十二个门徒的最后晚宴"。虽然达·芬奇当时很忙，但他还是欣然地接受了这个神圣的任务。

牧师麦吉尔与达·芬奇约好的交画期限是一个月。但仅仅过了半个月，达·芬奇就圆满地完成了整幅油画。

半个月后的那个清晨，达·芬奇正准备把油画送到牧师那里，他的母亲，一个年迈慈祥的老人，端着咖啡进到他的画室。母亲走到油画前，欣赏着儿子的杰作，嘴里却发出"咦"的一声。

"怎么？有什么问题吗？"达·芬奇问。

"亲爱的，你怎么把这人画得这么丑？"母亲指着画上的一个人物说。画面上的那个人贼眉鼠眼，嘴角左撇，显得阴险狡诈。

"他是犹大。"达·芬奇说。

"你为什么把犹大画得这么丑陋？"

"因为犹大是出卖耶稣的人，妈妈。"

"亲爱的，我觉得你还是去看看《圣经》。"

"《圣经》？"

"是的，《新约圣经》里有关犹大的章节。"

达·芬奇不知道母亲为何叫他这么做，但还是从外面拿来《新约圣经》，浏览了一下有关犹大的章节，然后疑惑不解地望着母亲。

母亲笑着问他："《新约圣经》里有没有关于犹大相貌的记载？"

"没有。"

"那你是不是觉得出卖耶稣的人一定会长得如此丑陋呢？"

"呃——现实中可能不是，但这毕竟是一幅画啊，我只是把这个反面人物刻画得更加形象罢了。"

"虽然这只是一幅画，但它即将挂在圣殿里。孩子，上帝爱世人，我觉得上帝对于忠诚他和背叛他的人，是会施予同样的爱的……"

经母亲这么一说，达·芬奇若有所思，最后如醍醐灌顶。他决定对犹大的形象进行修改。

在最终定稿的《最后的晚餐》上，犹大同耶稣的其他十一个门徒一样，有着安详恬静的外表。

达·芬奇将油画送到牧师麦吉尔手中。麦吉尔对达·芬奇的作品称赞不已。

"我就是麦吉尔。"白发苍苍的老牧师对乔治说，"其实刚开始，我对达·芬奇笔下的犹大形象并不满意，但碍于他的名气，没有说出来。直到听说了他改画的经过，我才发觉自己是多么的浅薄——他的母亲实在太伟大了，她比我更加靠近上帝。她使我明白了，我们在面对像犹大一样的人时，最大的危险不是他们的自私、怨恨、恶毒、狡诈对我们的加害，而是我们会让同样的仇恨、恶毒、狡诈在自己的心里滋长，从而败坏我们。"

幸福村

○蓝 蓝

　　幸福村这个名字很早就有了。和别的村子一样，它有一条小河，河边有很多树林。村子外面有肥沃的土地。与别的村子不同的是，幸福村的人们每天都快乐地生活着，早晨起来下地干活儿，傍晚赶着牛羊回家。大人勤快，孩子懂事，从没有过邻里互相吵架的事发生。周围村庄的人都很羡慕他们。

　　一天，两个商人路过幸福村，他们看到这一切，简直不敢相信还会有这样的事情。

　　"这哪里是幸福村呀，这不就是天堂嘛！"一个商人说。

　　"我敢打赌。"另一个商人思忖了一会儿说，"伙计，我能让这个村子很快变成地狱……五十枚金币，怎么样？"

　　"你？……哈哈哈哈！"第一个商人大笑起来。

　　"那我们走着瞧吧！"

　　他们击掌为誓，离开了村庄。

　　几天后，一个陌生人来到幸福村，买下了一块地，几天工夫盖起了一座漂亮的大房子。和其他村民的草房、石头房子不同，这所高大的房子是用洁白的玉石砌成的，屋前还造了一池美丽的喷泉。透过装饰漂亮的窗帷，能看见屋子里精雕细琢的家具。就像变戏法一样，不知从什么地方来了很多仆人，忙碌在这所房子周围。一到夜晚，房子里灯火辉煌，能听见里面传来阵阵美妙的歌声和琴声。

每当村民们到田里耕作时，房子里就会不时驶出金色的马车，载着靓女俊男到树林中、小河旁，或是弹琴唱歌，或是跳舞野餐。

一向安静的村庄有些骚动了。

到了夜晚降临，夫妻们不再像从前那样说着温暖的情话等着睡神来合上他们的双眼，而是各自想着心事，辗转反侧。孩子们则在白天好奇地聚集在那座神秘的大房子前，羡慕地望着里面各种花里胡哨的摆设和没见过的美味咽口水。

渐渐地，愁容堆上了村民们的面孔。他们好像第一次发现自己的房屋是那么简陋破旧，自己缝制的衣服穿在身上就像叫花子。

"我也应该有那样的屋子和马车。"男人们想。

"凭什么我就不能穿丝绸的裙子、戴上比露珠还亮的项链呢?"女人们低声嘟囔着。孩子们整天跟在父母身后，闹着要他们在大房子里看到的东西。村里的人们对以往的生活感到再也不能忍受。

不久，就有人开始卖粮食、卖地、借钱，也有人离家出去找挣钱的活儿干。一向乡风很好的村子里开始丢东西了，吵架的声音多了起来。

几年过去了。幸福村里几乎家家都盖起了漂亮的房子，很多人家有了自己华贵的马车，男人们都穿着熨烫得笔挺的制服，女人们就更别提有多时髦了。白天他们很神气地忙碌，但到了晚上，不时地会从某座房子里传出长长的叹息或者咒骂声。"幸福"这个词好像离他们的生活已经很远了。

你知道，幸福村现在和别处的村庄一模一样了，虽然它还保留着这个名字。至于那两个打赌的商人，早就离开了这个村子，当然，其中一个赢了五十枚金币，另一个呢，靠放高利贷大大地赚了一笔钱。离开村庄那天，很多人都听见了他们奇怪而尖厉的笑声。

因为我太爱你

○周海亮

从得知自己身患重症那一刻起，女人就有了这个念头。这个念头像小火苗一样忽闪忽闪的，却越烧越旺，终于让女人下定了决心。

她决定逃离，到一个无人认识自己的地方。她决定在那里度过生命里的最后时刻，然后投海自尽。

她不想花光家里所有的积蓄，不想让男人为她债台高筑，不想在临死前看到儿子无助的恸哭，更不想按时服药又按时死去——如果死亡注定无法避免，那么，她宁愿提前结束自己的生命——在她尚且美丽的时候。

女人是在一个清晨离家出走的。她吻别熟睡中的儿子，又轻握了一下男人的手。男人被她弄醒了，睁开眼，问：怎么这么早起来？女人答：出去锻炼呢。

她转过身，打开门，将自己融入灰白色的淡淡雾霭之中。她不停地抹着眼泪。她知道，这一去便是永别。

女人毫无目标地挤上一辆开往乡下的长途车，把头扭向窗外，眼前一片模糊。手机响了，她知道是男人打来的。她想接，可是，她却将手机关掉了。她怕自己回头，怕好不容易积累起来的信心瞬间崩溃。

离家才两个小时，可她发现，她是那样思念她的男人和儿子。她在心里默默地跟他们道歉，眼泪悄然落下。

她在乡下度过两天安静的时光。她走到田野里看野花，坐在池塘边看夕阳，又爬上山顶看一片墨绿里若隐若现的村庄。她知道男人在寻找她，她知道男人肯定急出了眼泪，她知道男人肯定在疯狂地拨打她的电话，可是她不敢开机。儿子会哭着要妈妈吗？婆婆和母亲会急得睡不着觉吗？男人会自责吗？她突然觉得自己其实一刻也没有离开过家，不是吗？虽然她身在千里之外，她的心却时刻牵挂着远方的家。女人再一次流下眼泪，她想，人世间最残酷的事情，就是让一个女人与自己最亲爱的家人永别吧？

女人登上列车，终点站是一个遥远的海滨小城。那里将是她生命的终点，女人想在那里终结与世间的一切瓜葛。

她在那个海滨小城待了三天，每天静静地坐在大海边，悲伤到极点。

终于，这天黄昏，女人下了最后的决心。她想，就这样吧！死亡，只是一瞬间的事情。

她向大海扬起双臂，做出跳跃的姿势，却突然收住自己欲飞的翅膀。她想最后看一眼男人和儿子，她想再跟他们说一声对不起。

女人打开手机，看见一家三口甜甜地笑着的照片。女人盯着手机屏幕，泪水再一次盈出眼眶。突然，女人愣住了，手机不停地提示，她有未读短信。

女人怔了一会儿，还是打开了那些短信。果然都是男人发过来的，女人一条条地翻看，终于泣不成声。

——我不知道你去哪里了，但我知道，你出走肯定是为了这个家。可是你知道吗？假如你真的就这样走了，我和儿子肯定会痛不欲生。

——我不知道你在哪里，现在我只能祈求你平安。快回来吧！我和儿子正在到处找你。

——我已经找了你两天，我一直在给你打电话。虽然打不通，但是我知道，终有一天你会打开手机。当你看到我们一家三口的合影时，你还会忍心离我们而去吗？

——今天是你失踪后的第三天，我已经给你发了五十多条短信。所有人都在找你，妈妈、我、儿子、亲戚、同事、朋友，为了他们，回来吧，好吗？

——你已经失踪四天了，可是我坚信你还活在世上，回来吧！我爱你，儿子爱你，所有人都爱你。

——五天了，你既没有回电话，也没有回信息，可是我知道你还活着。我在寻找你的路上，如果找不到你，我就一直找下去。

——六天了，我找到了大海边。我们在这里相识相恋，我想，这里也许能够找到你。当你看到这些短信，答应我，回来好吗？你不能死去，我需要你，家需要你……

那一刻，女人捂紧自己的脸，终于退缩了。她想，纵然要死，也不是现在吧？对男人来说，她是妻子；对儿子来说，她是母亲；对母亲来说，她是女儿……她有什么权利结束自己的生命呢？她有一个家，家需要她。

她转过头，惊讶地发现，身后竟然站着面色憔悴的男人。她扑向男人，泪飞如雨。

你怎么会找到这里？

我想起了我们的初恋，我想来这里碰碰运气……你为什么要这么做？

因为我不想死在你们面前……因为我太爱你了。

相信我，会有奇迹的，这世上不是还有很多活得快快乐乐的癌症患者吗？

不管怎样，你的五十多条短信让我不会再干傻事了，因为我的生命已经不再属于自己，还属于妈妈，属于你，属于儿子……可是如果找不到我，你真的会一直找下去吗？

是的，我会一直找下去……因为我，太爱你。

江 湖

○陈 毓

　　他的名字叫剑，他一出生就落在江湖里。江湖是什么？对襁褓中的他，就是饿时悬在母亲的奶头上，饱了睡在父亲的肩背上。他们行踪诡秘，去向不明，今夜不知明朝醒在哪里。所谓人在江湖，身不由己。

　　江湖是父母的，也是小小的他的。父亲伟岸的背，显得他的身子格外小小的。小如一朵蒲公英的种子。后来他真的就如一朵蒲公英的种子，被命运的风轻轻一吹，飘走了。他落在一个长满了野花和竹子的山坳里，他被一对狩猎的夫妇收养，他成了他们的长子。

　　这个叫剑的孩子一转眼长到五岁。剑五岁的时候我出生了，我的名字叫鞘。名字是我的父母给的。我不喜欢这名字，觉得它的粗糙无法匹配一个女孩的细致与美丽。

　　剑十八岁那年父亲带他出了趟远门，一个月后父亲和剑回来。我发现再回来的剑变了。变化来自他的眼神，他眼睛里的世界跟我有着隔世的距离。在这之前，这隔离是不存在的。

　　母亲开始日夜不停地为剑做鞋，做衣裳，阁楼上闲置已久的纺车日夜不停嗡嗡地响。

　　十天后一个日出前的朦胧里，剑跪在父母的脚前亲吻父母的脚，又站起来吻他们的脸。

　　剑深深地鞠躬，然后剑背着母亲为他赶制的衣服鞋袜，背一把长剑，走了。

我在窗子里看着这一切，想不明白剑为何单单不来和我告别。我心里很难过，也很委屈。难道剑不知道，我是深爱着他这个哥哥的吗？

我悄然出门，判断剑的去向，从小道追剑。我看见了剑。踽踽独行，在早上原野的寒气里，孤单可怜，叫我心疼。我喊：剑。剑回头看我。剑向我走来。剑说妹妹。剑再说妹妹。我看见剑四顾茫然，我想剑是想要留一件东西给我吧。可早春的原野一片空旷，剑找不到能留下来给我的东西。剑选择继续前行。

剑走的那一年我十三岁。

我十八岁那年再次见到剑。回来的剑跟走时大不一样，他的言语更为金贵，表情如同霜冻，一身寒气，叫人难以靠近。剑几乎不说话。他只有动作，只有身体的行动，就算他在行动，我也看不见他的所思所想，我看不见他的心。只有剑看我的眼光是温暖的，那里有火焰，有光，有爱，有活的气。我很希望剑能一直这样看我。像五年前那样。

回来的剑少了一根手指头，他右手的小拇指不见了。

刚开始看见的时候我很吃惊，差一点喊出声。但我感觉剑看我的日光突然冷寂，就忍住了。那是剑的痛吧。

剑又走了。只是在一夜之后。

照例是只跟父母告辞。如同五年前。

照例是我抄小道去追，一如五年前。

我喊剑。剑回头。剑迎着我走来，剑说，妹妹。妹妹。剑四顾茫然，早春的原野上，剑找不到可以留给我的东西。剑再喊妹妹。妹妹。剑说，如果哥哥能在五年后回来，妹妹愿意跟哥哥走吗？

我听见自己的眼泪流下来，我听见自己说：妹妹愿意。

那哥哥一定会回来的，也许要不了五年呢。哥哥不会让妹妹久等。我看见剑，异样的温情和忧伤同时在他的脸上。

离剑走的那天早上差一天就是五年的一个早上，剑回来了。

那是一个奇异的早上，我看见一个身影在院门边出现，逆着光，却仿佛把所有的光都能吸附到他身上。我知道那个逆光的影子是回来的剑。我奔向剑，我拿起他的右手看，那根缺了小拇指的手看上去小了很多。我再拿起他的左手看，剑的左手完好无缺。这让我欢喜安慰。我看剑的眼睛。我看见剑的目光里不再是火焰，而是一片浩淼之水。我在那片水里照见我自己的脸啊像一朵开在太阳边上的云。

剑把我搂到他的怀里，我闻到他身上有风的气息。美好得叫我迷醉。

再抬头时我随剑的目光看。我看见我们的父母，他们站在屋檐下，用我从未见过的欣然的目光看我和剑，我惊然发现他们的头发灰白一片。

我在那个早上接受了剑，接受了我的名字。我明白自己为什么要叫鞘了，因为，在这个世界上，有一个男儿，他的名字叫剑。

很多年后一个阳光照耀、春风吹脸、野花迷醉的正午，看着我们五岁的儿子树在野花丛里捉蝴蝶，剑对我说起他的江湖。我的剑，他依然言语金贵，惜字如金。在他的描述里，我看见那个叫剑的人以天为被，以地当床，闭上眼用凌厉的刀锋割断敌人的喉咙，微笑着面对扑面而来的杀气，不在乎伤痕累累的身体再添一绺刀痕……

剑说，他现在只想用他的肩膀把所有的敌意和伤害挡到远处。他只想用他拿惯了利刃的手，为我温柔地画眉。

论 剑

○赵文辉

仗剑者心高，再能抚琴，就更气傲了。楼兰王便是如此。他有一手精湛的剑术，从未逢过对手。而他引以为荣的，还是自己的琴艺。皇宫内外，再好的琴师在他面前，都会韵律错乱抚琴不成。他此次动身去中原，为的是找一个叫钟玉的朋友，这个朋友能帮他找到一个在他面前不会乱弦的人。更让楼兰王向往的是，这位琴师的剑术卓绝，已到了出神入化的境界，人称剑圣。楼兰王一直因为找不到可以较量的高手而苦恼，这下好了，有琴又有剑。他为此而心切，一路上累死三匹快马。

钟玉把楼兰王安顿好，说我给你说说这位琴师吧。琴师乃一村夫，喜欢在山林中盘桓，和百鸟为友。有一次，琴师路过一个小山庄，见一老妇人在烧火煮饭，柴火燃烧，传出噼里啪啦的声音。琴师驻足片刻，忽然跑到妇人面前，急速从灶中取出一截儿桐木，在地上用脚踩灭了火，然后掏出一把银两，将这截儿桐木买了去。琴师听火烧的声音，便知道是一根上好木材，于是请工匠制成一把琴，声音果然美妙极了。琴师于林中拨弦，百鸟竟齐来和唱。但琴尾是焦的，琴师就将琴名命为"焦尾琴"。

楼兰王笑："虚也，虚也。"又问："剑技如何？"钟玉答："他与人较量从未用过剑，以竹片代之，却还是失手伤过三人，亡一人。亡者并无伤口，原来是剑气所致。"楼兰王摇头，心里却迫切得很，催钟玉引琴师一见。

　　琴师抱"焦尾琴"来到钟玉府上。侍人引琴师上客厅，钟玉和楼兰王已备下水酒。琴师穿越花径，忽听客厅内琴声传出，便停下来。是一曲《阳春白雪》，刚刚雪融而闻水声。琴师听着听着，忽然脸色大变，对侍人说："这音乐中暗藏杀心，为什么呢？"言罢回身便离开钟府。

　　侍人报告了钟玉，钟玉不信，策马追赶。琴师坚决不回，说抚琴之人已动杀心，自己剑道虽可自卫，却不愿以身践之，与一小人匹敌。钟玉没办法，只好打马回去，如实告诉了楼兰王。

　　楼兰王本想用自己的琴声挫一下琴师的威风，之后再与他比个高低，不想却发生了这等事。钟玉问楼兰王："你真想……"楼兰王摇头："我岂是那般心胸狭窄之人？"钟玉不明白："那是为什么？"楼兰王将一杯水酒饮了，放杯的一瞬间恍然大悟：自己刚才弹琴时，见窗外矮槐上一只螳螂正对着一只鸣蝉，蝉将去还没有飞起，螳螂忽进忽退，迟迟不肯出击。自己担心蝉飞跑，想让螳螂出击捕蝉。楼兰王把刚才的一幕讲给钟玉听，钟玉呆了："这难道就是杀心形于声音？"

　　楼兰王满脸愧色，长叹："三十年磨炼，不及一村夫啊！"叹毕，他猛然抽出长剑，将从塞外带来的那把名琴断为两截儿。

　　之后长啸一声，将手中长剑掷向浩浩长空。

吃　饭

○梅子涵

　　我想说说张庆宜，说说他请我吃饭，也说说一件很对不起人的事。

　　张庆宜是我在农场当知青时的朋友，住在山阴路，和鲁迅家对门。他父母和鲁迅很熟，不过他从来不吹他父母和鲁迅怎么熟，他是个不大会吹的人。他的父亲是资本家。有点奇怪的是，这个资本家的家庭，"文化大革命"的时候继续有钱，继续有吃有喝，所以张庆宜经常在宿舍里吃梅林罐头厂的午餐肉、清蒸猪肉。那种香味是能把那个年代的知识青年馋死的。我和他不是一个宿舍，所以没有馋死。后来他上调了，成为航道局的工人。后来，去了香港。后来又回到上海。回上海的时候他从香港买回一辆原装的宝蓝别克车，开着来看我，带我兜风。那是一辆漂亮的车，那时，上海的马路上开着的都是神气活现的桑塔纳，所以坐在他的车里，心里会豪华。不过他的脸上是看不出一点豪华的，他是一个脸上没有豪华的人，皮肤很黑，神情像憨厚农民，所以他又叫黑皮。后来他去了澳门，现在他在澳门和上海之间跑来跑去。

　　张庆宜没有请我吃过午餐肉和清蒸猪肉，但是他请我吃过饭。我不记得他请我吃过几回，只记得我一次也没有请过他。我和他之间，好像从一开始就是他请我吃饭，而我不需要请他吃饭似的。

　　有一次，他请我和司国良去头桥吃饭，那是一个离农场有半小时路的小镇。司国良是他的中学同学，和我也很要好。

　　我重点要说的就是这一次的吃饭。因为这一次张庆宜点的菜特别多，他几乎把这小镇上最大的饭店里的菜都点了一遍，满满一桌——是那种大的圆台面桌。他一直大方，但是这一次他的脑子有点搭错弦。

　　一个菜的价格是两毛几、三毛几、四毛几，超过五毛几很困难，他差不多点了十块钱菜！

　　我那时的工资是一个月24元钱。

　　那时，我和司国良都没有觉得他脑子搭错弦。我们兴高采烈还来不及，吃得欢天喜地——每天我们在农场的食堂里都是吃些什么啊！

　　在这里吃饭的都是附近的农民。他们来镇上买点东西，然后下了一个很大的决心，才"很挥霍"地走进来买一个便宜的菜，喝一点酒。

　　他们看着这满满的一桌，一定觉得我们几个很有钱。我们即使是饿死鬼也不可能把这一桌菜吃完。张庆宜说："吃啊，梅子涵！司国良！"

　　可是我们哪儿吃得动！满满一桌菜剩下一大半。那时还没有"打包"一说。那时，是不允许这样浪费的，尤其是在乡下小镇的饭店里，眼睁睁地在贫下中农面前。我们开始低声商量该怎么办。

　　张庆宜说："我们逃吧？"可是我和司国良都不敢逃。

　　我第一次知道，原来，面对着一大桌菜，你吃不完，日子也不好过。在那个年代，这时，你会腰挺不起来，头抬不起来，不知如何是好。

　　这时，我看见了一个人。他是人民二队的一个贫下中农。我在头桥人民二队插过一年队。他有60多岁，高高个子，总戴着一顶小绒帽。他永远都是笑嘻嘻的：看着人笑嘻嘻，看着田野笑嘻嘻，看着猪粪和挑不完的稻谷还是笑嘻嘻。他偶尔也会笑嘻嘻地叫我一声梅子涵，是奉贤土话的发音。他的皮肤是那种天生的黑。他正在饭店的窗外往里看。他是不是也想下一个很大的决心进来点一个菜"挥霍"呢？

　　我灵机一动，跑到外面。"老伯伯！"我喊他。"你到头桥来有事情啊？你进来吃饭吧！"他还没来得及笑嘻嘻地回话，就被我拉到了桌前坐下。

张庆宜和司国良也都像看见了大救星,说:"老伯伯,吃饭!吃饭!"张庆宜立即去买了一小瓶酒,就是上海人叫"小炮仗"的那种。我们说:"老伯伯,你慢慢吃,慢慢吃。我们回农场去了!"一个接一个地溜了出来。

　　我们逃掉了。没有看见这个年老的黑黑的贫下中农是怎么吃的。他看着满桌的菜,是不是将信将疑半天也没有清醒过来啊?在此之前和在此之后,他都是不可能独自在饭店里面对这么多菜的!他回到队里后,是不是笑嘻嘻地逢人便说:"梅子涵这个小青年真好!"而他完全不知道,我只是为了逃走才把他拉到桌前的。我根本没有真诚!

　　我以前说起这件事总是嘻嘻哈哈觉得好玩。可是今天说起,我不再嘻嘻哈哈,相反心里还有些难受。老伯伯,很对不起,梅子涵这小青年是不真诚的!

　　这件事不怪张庆宜和司国良,是我灵机一动想到的。那年我22岁。

求　宝

○孙春平

　　台商段某，懂文化，精管理，待人谦和，人称儒商。每有员工告假还乡，他必嘱咐，请给家人问好，回来时别忘了给我带回一个故事或见闻。员工们都知段某喜听各地风情，尤其是那些奇人逸事乡井古怪，回来销假时自然要讲上一二。段某听得兴致盎然，有时还掏出本子记上几笔。

　　刘君讲，他的家乡数十年前修梯田，竟挖出一个古钱冢，大大小小的十几个罐子里，都是大同小异的大钱儿。乡民们一拥而上，三锤两镐将罐子砸破，便把那些古钱币抢了去。有人送进废品站卖了废铜烂铁，有人给了孩子们去扎毽子，还有农妇穿了串儿挂在屋檐下，只等秋天焯晒豆角时丢进滚水里一涮，听说那样一来晾晒出来的豆角就是绿莹莹的了。段某说，那是古钱上的铜锈起的作用，上了餐桌虽好看，对食用者的身体却没有好处。现在去山上还能拣到古铜钱吗？答说，按说，早没影了。前些年听说古铜币是文物，能卖大价钱，人们又上了山，掘地三尺，没日没夜地翻找；听说有人还真碰了运气，可眼下就比大海捞针还难了。可也别说，我这次回去，听说又有人碰了彩头，是一块什么"通宝"，立马被人买了去，用那钱足足盖起五间大瓦房。气得山里人肺都要炸了。段某听罢大笑，说不炸才是怪事，这是民众的文物意识增强了。

　　又有齐君对段某说，家乡的堡子有一对母子，老太太年近八旬，带着一个四十多岁的傻儿子，日子过得格外艰难。那儿子虽傻，却舍得花气力劳作，对母亲孝顺无比。问题是，这傻儿子真真的只有一个心眼儿：母亲让他去拾柴，他就是在路上见了金条也会视而不见；母亲让他去别人家收获过的地里翻捡花生，他就只认花生，有人故意往他身边扔红薯都不灵。段某听之赞道，这人可就是个宝啦！齐君说，活宝吧？听说村人给他介绍了一个寡妇，寡妇要求相看相看。老母为防尴尬，给他换上一身干净衣裳，借口让他去介绍人家借簸箕，没想他只记着簸箕，站在那家大门外等着拿，连屋门都不肯一进。段某说，世人浮躁，难得这般单纯。是宝不是宝，那就看怎么使用啦。

员工们讲给老板的故事，闲暇时难免交流一番，以博一笑，谁也没太认真。没想一年后刘君再回老家，便听说段某曾专遣人去相邻村里买下一处房舍，又亲自驱车去了齐君的家乡，说服老妇带憨儿迁居数百里，住进了那处房舍，并许下每月千元的生活费用。他还出示了带在手上的一枚古钱，要求只有一个，让憨儿去山上捡拾这类物件，捡来归他，另有重赏；捡不来也只认天意。

员工闻之，未免惊愕。或讥段某财迷心窍，不惜赌博；或叹老板变废为宝，善于用人。话儿传到段某耳里，也只是呵呵一笑，不作辩解。时光荏苒，不觉三年过去，齐君再从家乡回来，人们便追着问可有结果。齐君摇头说，哪知呀。我只知老板又给傻爷儿们找了个媳妇儿，媳妇儿走路有点跛，却不耽误侍候一老一少。那个傻儿子每天都去山间转悠，风雨不误。一家三口的日子，倒也其乐融融。人们不禁又猜，如此局面，是不是段某已有了收获呢？

寺 里

○申 弓

一

寺里供着一尊大佛，无量寿佛？弥勒佛？释迦牟尼佛？观音菩萨？济公？说不清。是哪个佛并不重要，重要的是他是佛。前有山门，牌坊楹联，一应俱全，中有大雄宝殿，塑像端严，香烟缭绕，内有庭院，假山绿树，池水荡漾，鸟语花香。

老和尚在内室课读。

小和尚在庭前打理。

山门打开，进来了一个五大三粗的汉子。先是上了一炷高香，再在功德箱里塞上一把钞票，然后跪到了蒲团上，叩着响头。口里念念有词。

一会儿，又进来一个妇女。妇人面色萎黄，眼圈红肿。也是先上了香，再掏出一张皱巴巴的纸币塞进功德箱里，然后跪到了右边的蒲团上，不住地叩头。抬头后，双目紧闭，双手合十地对佛说话。

他们的声音都很小，连旁人也难听得出来。可小和尚却能听清楚，难怪师父说他有佛缘。

小和尚放下了手中器具，进到了内室，师父的课读也刚好完成。每当师父课读结束，就是给小和尚讲道开始。今天的讲道跟以往不一样。师父接过了徒弟递上的一盏热茶，问：徒儿，今天有什么吗？

小和尚：有。两人进来求佛。

老和尚：讲来听听。

小和尚：先来的说，他叫张三，昨晚杀了人，特来求佛保佑不让抓他。他还说，他杀的人叫李四，是李四先动手打他，是他还手时下手太重了，误将李四给弄死了，他很后悔。后来的说，她是李四的老婆，她的老公被张三杀了，特来求佛帮忙，尽快抓住凶手以慰亡灵。师父，我们该帮谁好呢？

老和尚：他们二人，谁更虔诚些？

小和尚：张三捐的功德厚重，而且那头磕得好响，额头都起了个红包包。李四的老婆捐的虽然不多，可看得出她好伤心。

老和尚：哦。其实，我们谁也帮不了。

那怎么办？他们都这样虔诚。

尘世的事，还是让尘世来解决吧，再去看吧。

小和尚又来到了前庭。

女人好像听到了什么，睁开了眼睛，一眼发现了跪在左边的是仇人张三，一下子扑了过来：张三你还我丈夫！

张三发现了李四老婆，说，弟妹，是我错了，放我一马，我会照应好你们的。女人却抓住张三不放，不行，我要将你交到公安局，为我丈夫报仇。

张三的眼睛也红了起来：你放手。逼急了老子杀一个是杀，杀两个也是杀！

女人就是不放，并且还高声叫喊：快来人啊，抓杀人犯啊！

眼看张三就要动手。老和尚便从里间出来：施主住手！阿弥陀佛！

小和尚躲到里屋拨了110。一会儿，警车来了，将他们一起拉走了。

二

寺里又归于宁静。

小和尚缠住老和尚说：师父，弟子不明白，人们都这样相信佛，求佛，而佛又救不了他们，那佛还能帮他们做什么？

老和尚说：佛的任务是揭露本质，教人认清事物的本质。当人们明白万事万物的本质即虚无，就不再执著于得失，从而解除痛苦。

小和尚：万物是真实存在的，怎么会是虚无的？

老和尚：我，你师父，你爱我吗？

小和尚：当然。

老和尚：现在，比方，拿把刀子去掉我一只手，我问你，你爱我还是我的手？

小和尚：我爱你。

老和尚：那好，把我的手丢一边，因为你爱的是我，不是我的手。然后，再去掉一只，你还爱我，是不是？手再丢一边。我们继续，剁掉双脚、大腿，你还会说你爱我，摘掉五脏六腑，你还说你爱我，最后，脑袋也割下。我彻底没有了，只留一堆白骨。你一直说你爱的是我，不是我的某个器官，那么，去掉它们，我在哪里，你还有什么可以爱，爱到最后，不过一具骷髅。

小和尚：不对呀，那，师父，我爱的是完整的你。

老和尚：那好，我们再把器官拼回来，所有部件都齐了，却独独缺了一只手，或者，少了一只眼珠，你还爱我吗？

小和尚：哦，缺一只手的师父，少一只眼珠的师傅，毕竟也还是师父呀，爱的。

老和尚：可你刚才说爱的是完整的我。

小和尚：晕！师父，你把我绕进去了。

老和尚：呵呵，徒儿，这个比方就是要告诉你，任何事物都经不起推敲，经不起剖析，经不起较真，一切都似是而非，一切皆为虚幻。

小和尚：哦，我好像懂了，可又好像不懂。

老和尚：那还得修炼呢。

母亲与总统

○王俊义

2005 年 11 月，美国前总统布什 80 岁了。在同一个月，我的一生没有离开过河南省西峡县的母亲也 80 岁了。

布什 80 岁的时候，一直怀念他在二次世界大战中当飞行员的经历，似乎他的这一段经历，就是他的一生最为辉煌的阶段。他驾驶的飞机曾被敌人的飞机击中，他跳伞逃脱了死亡的命运。因此，他对于降落伞，有一种发自内心深处的感激。没有降落伞，就没有布什的生命；没有降落伞，就没有上个世纪 80 年代的美国总统布什的辉煌。在生日的那一天，他坚持要一个人跳一次伞，用来纪念自己的生命和生活。有关部门考虑到一位 80 岁的老人一个人跳伞，是对于生命的极限挑战，因此，挑选了一名特种兵陪伴他一起跳伞。当他的降落伞飘飘摇摇地从蓝天落到美国的土地上时，前苏共中央总书记戈尔巴乔夫献上鲜花和葡萄酒表示祝贺。老布什颇有一些骄傲地微笑着，走进了庆祝自己 80 岁生日的殿堂。总统就是总统，他永远不是平民，他的生日也充满了总统的浪漫与尊严。

我母亲 80 岁的生日，是在西峡县一个叫木寨的小村庄里度过的。不要说有降落伞了，她甚至连降落伞是什么也不知道。她没有坐过飞机，也没有坐过火车。她的生活半径就在西峡的 3500 平方公里的土地之内。她生日的那天，我们几个子女回到了木寨，在一座很大的院落里为母亲祝寿。太阳很好，温和的光线照在院子里。我们的身上暖洋洋的，母亲的身上暖洋洋的。母亲很满足，她坐在一张粗糙的桌子的上席，很像一个二十几个人的单位的领导，十分自尊地喝着一杯江西出产的四特酒，似乎她就是这座院落的最高统治者。她在生日这天的威严，一点也不比美国前总统布什逊色。母亲就是母亲，她在一个地域或许是微不足道的，甚至是不足挂齿的，但在自己儿女的心目中，她是一个总统，是一个威严感十足的总统。尽管我们生活得并不辉煌，但是我们感谢她，她给予我们生命，她养育了我们的生命，她存在着，她生活着，她就是我们的总统。

美国的前总统布什，在 80 岁的时候，接受北京论坛的邀请，到一座有几千年历史的文明古城北京演讲。他的西装笔挺，他的风度依旧，他的拳头握得十分有分寸又十分有力。没有当过总统的人，绝对表现不出那种自信与尊严。因为他是总统，因为他的尊严，表现了一个男人 21 世纪的形象，他拿走了北京论坛总经费的十分之一。十分之一是多少呢？不多也不少，恰巧 10 万美元。他的 10 万美元来自他的演讲，来自他演讲的最重要的一句话："如果中国能够和平崛起，我就对这个世界充满信心。"总统就是总统，他的语言，就是他的金钱；他的演讲，就是他的资源。而他的智慧，就来自他的演讲和语言。

母亲 80 岁的时候，还在耕种她的 9 分耕地。在深秋，她掏 40 元人民币，让别人为自己的土地播种，把 15 斤小麦撒在土地里。她在近 8 个月的时间里，几乎每一天都要到自己土地里看一看，把青青的麦苗看成一片金黄。丰收的年景，9 分地收成 700 斤小麦。母亲看着小麦微笑，就像布什看着飞机与降落伞微笑。她的小麦卖给一个商人，得到 450 元人民币，她的笑就十分灿烂了。秋天，她的 9 分地收获 950 斤玉米，又挣回了 450 元人民币，她的笑就更加灿烂了。然后，她乘乡村的公共汽车到县城来找我，神秘地告诉我：900 元了，存起来吧。这个时候，母亲就成了世界上另一个比尔·盖茨，在建造自己的金融大厦。2005 年秋天，在布什从中国拿走 10 万美元的时候，母亲在银行里存了 900 元人民币。

母亲与总统，在一定的意义上，有着天壤之别，但是在生命的意义上，又没有一点差别。作为一个儿子，认为自己的母亲，一定比总统更伟大，更充满智慧。世界因为有了儿子对于母亲的崇拜，生活才变得有了自己的意义。

母亲 80 岁，美国前总统 80 岁。在这一天，我的情感，与美国现任总统的情感几乎是一样的，几乎是没有任何差别的。

小城脸王

○王 斌

近些年，陕西陇县人但凡结婚大喜，突然冒出一种习俗，就是给男方父母画脸。两人均画成搞笑逗乐扮相，把喜庆的婚礼推向高潮。从画脸到卸装前后也就半个小时，却酬金不低，因而小城就冒出好些个专门画脸的人。

下岗职工王四平就是其中的佼佼者。

王四平本是四川成都人，年轻时随父亲到陇县。因唱得一腔好川剧，被小城剧团领导慧眼相中，遂学习秦腔演唱。王四平十分聪明，基础好，几年后就成了名角，唱红了陇县及周边地区。十多年前，王四平的妻子去世，县剧团解散。为生活所迫，王四平不得不想尽办法挣钱贴补家用。

画脸，就是主要的营生之一。

王四平画脸与众不同。别人轻描淡写，大多讲究搞笑成分，能应付事主就成。他则精画细描，脸是专业戏曲脸谱，衣是鲜亮正统的演员戏服。每一次画脸是一出戏，也是王四平的大事，他能说得头头是道，把主家的事办得尽善尽美，妥妥帖帖。

那年国庆节，小城剧团老团长李长发儿子新婚大喜。这李长发对王四平有知遇之恩，也是王四平多年的挚友加同事，画脸，王四平当仁不让。

婚礼仪式进行得喜庆而顺利。

主持人喊一声"请新郎父母上台"，门口就走进两人：女的头戴凤冠，身着红袍，粉脸桃腮，秀眉入鬓，羞羞答答。男的黄袍加身，头戴九龙冠，脚蹬薄底靴，帽翅晃晃。双手提着一副对联：馋涎儿媳貂蝉貌，谨防老贼董卓心。一张白脸是扫帚眉，两腮淡红，眼角纹似蝎子腿，眼神凶恶逼人。两张脸采用秦腔脸谱画技，笔法粗犷，繁简得当，色彩多异。人们正看得入神，却见李长发那张脸突然笑如弥勒佛，色眼眯眯，吹胡瞪眼耍帽翅好不滑稽。这是一出董卓设计骗吕布、巧娶貂蝉入洞房的老戏。在婚礼司仪的安排下，从儿女的跪拜大礼，到亲家的西式搂抱，再到新人的交杯美酒、互赠定情物、温馨点烛，亲情无限又幽默搞笑。大厅笑声不断，其乐融融。

李长发非常兴奋，一张贼脸在嘉宾中嬉笑，轻盈的脚步在婚宴大厅穿梭。酒过三巡，举手投足已是戏中人做派，禁不住上台唱道："谁家双亲不疼儿，谁家儿女不孝爹。父母之恩深似海……"那是秦腔《哪吒闹海》中的唱词，台上贼脸不知何时已变成哪吒之母的一张戏脸。柔和清甜、优美细腻的女音唱腔，黯然神伤、催人泪下的演技很快把人们的情绪带进哪吒母子悠悠亲情之中。突然，唱词一停，戏中人九龙冠一摘，黄袍脱下，亮出一身布衣行头，朗声道："我的家，冷得很。说我穷，道我穷，人穷干了穷营生。昨晚睡在城隍庙，西北风来浑身冷……"已转到秦腔丑角名戏《拾黄金》。李长发手在脸上一抹，那脸竟然变成一张滑稽的丑旦脸，在台上又说又逗又唱，趴地缩头拱肩。众人只知道李长发戏演得好，零距离听戏却是第一次。正欣赏着，却见戏中人已站起身来，手又在脸上一抹，又吼出秦腔《朱仙镇》，一时唱得高亢激烈，人们仿佛听到杀声震天，战鼓阵阵，岳云正在万军阵前大战……

大厅嘉宾哪里见过这等绝技，疯了一般鼓掌。

李长发那场婚宴，特色十足，一时传为佳话。

让人们万万没想到的是，当天晚上，突然传来李长发脑溢血去世的消息。刚出喜宴又入丧棚，亲朋友人瞠目结舌，大呼世事无常，长吁短叹。

李长发老伴悲痛异常，哭着哭着突然扑通一声跪倒在王四平脚下。众人大惊，却听老伴对众人哭道："他叔是个大好人！你们不知道，今天上午画脸那会儿老李突然晕倒。我和四平把人送到医院，已经不行了。四平说，今天是孩子们的大喜日子，这件事千万要保密，要让孩子们高高兴兴地结婚，让客人开开心心喝完新婚酒。四平就画了脸，和我前前后后演了一场戏……"

众人听完歔欷不已。

王四平变脸绝技的消息不胫而走，王四平的义举和机敏过人更让陇县人敬重。不过，让行内人迷惑的是，李长发脑溢血是突发事件，那川剧变脸脸谱准备工作也颇为复杂，王四平又为何能在极短的时间里表演得如此成功？

这成了小城一谜。

峡 谷

○谢志强

奇迹发生在 1982 年 12 月，恰恰是我费了九牛二虎之力调出了铁力克峡谷——这之前我一直称它为"鬼不灵"山沟沟。如今，我在浙江省余姚市，一个秀丽的江南水乡。我是 1982 年 12 月 21 日拿到的调令，便匆匆忙忙乘上 54 次列车，因为调令写明了报到日期截止到 12 月底，我恐怕过期失效。

现在，我常想起柳村——我清楚这是他的笔名，取之"柳暗花明又一村"，可他的真实姓名却忘却了。他是我的师范的同班同学。师范那会儿，班里墙报、板报，那些题图、插画都是他一手操办，十分精美。师范毕业，他留在阿克苏市二中任美术教师，我则分到拜城铁力克峡谷。

1980 年 5 月，我孤单单地携带行李前往铁力克学校报到——那是电厂、煤矿、化肥厂合办的一所职工子弟学校。我一见又偏僻又荒凉的山沟，心情一直很消沉。

一个月后，柳村赶来写生，已经放暑假，他说是来陪陪我。我和他连日到卡博斯浪河畔，他写生，我看书。他关照我不要近前，他一作画，天底下就独剩下他一人了。他说。

我也不想搭界，只觉得他倒有意思，便独自看书。两旁是一条连绵不断的山脉，一直延伸到深山，再远，是白雪皑皑的天山。近身，一条喧哗的卡博斯浪河，终年不息，那都是天山融化的雪水。我觉得坐在河滩的石头上阅读，那些书里的内容，都通过我的头脑散发在广阔的峡谷里了。我的精神难以集中。

我没去瞧柳村的写生画。他收起画板，说走吧。我察觉该回巢了。他兴致勃勃地说：嗨，这个峡谷真美，我恨不得融化在里边。

我只是笑笑，说：你还新鲜着呢。

一连七天，他都在那个位置面朝着天山。每天都画一幅，临出来，我看见他夹进剩余的几张白纸。七天后，我和他一道出山。我说下山换换空气。

我喜欢听城市的嘈杂之声。我俩进了城就分手。寒假，他又兴冲冲地赶来——事先，来了封信。

峡谷已经覆盖了雪。雪地留着野羊、野兔的足迹。空中，时不时飞过一群野鸽子。还有山坡的呱啦鸡的鸣叫，只是看不见踪影。柳村仍在老位子上写生。我呢，拎着杆双筒猎枪打野味，我的枪法极臭。终于，近午，打了一只倒霉的野兔。我不理解，他一立三个多钟头，竟冻不僵。

我往手心哈哈气，隔了十来步，喊，肚子饿不饿啊。

午餐，辣椒爆炒野兔肉。他说：我当初怎么就没想到要分配到这儿来呢？

我说是你懊悔还是我懊悔呢？

他认真地说这里确实很美丽壮观，可惜你感受不到。

我说萝卜青菜各人喜爱。

他说：我倒想你我对调。

我苦笑笑，说：由不得你我啦，进来了，想出去，难哟。我说，你的峡谷画出来了吧？

他说：画好了，当然你是第一个观众。

第二年的暑假、寒假，他都来了，倒是他挽留我陪伴他。他仍立在老位置作画。我说：你不嫌厌烦吗？

他说：画峡谷。其实，一进峡谷，我渐渐地进入峡谷了。

我没在意他的话。直至我接到调令的那一天——其实，调令压了足足半年，校方迟迟不透露——我挂了个长途，告诉了柳村。

他说：你来城里办手续，顺便来我这儿哦。

手续相当顺利，我记起向柳村告别那天的事儿。

他的宿舍里，我蓦地想起那幅画，我说：你的画完成了吗？

他说：算是完成了吧。不过，你得有个精神准备，我不知有没有把握。

我说：那还会错，这两年，我的心都等疲了。

他说：好吧。

他掀掉靠墙支着一画板上的绸布。峡谷，棒极了！看上去，简直不是一幅画，而是一个圣境，山脉、河流组成的峡谷竟有那么壮美、清晰、纯净。

我指着峡谷中部的一条蜿蜒的小路，说：我怎么没注意过这条小路？它通向哪里？柳村说：我要问你了，我也没走过这条小路，不过，你稍候，我去探探看。

他竟走上了那条小路，小路伸入峡谷的深处。据说，雪山下有一个温泉，他沿着小路走去，渐渐地消失在峡谷里，他再也没回来。

1982 年 12 月 30 日，我在余姚县教育局（当时尚未撤县设市）报到，安顿下来，便想着柳村那不可捉摸的行踪。我试着寄信，退回，说是查无此人。现在，是 1996 年 8 月 8 日，我犯疑惑了，吃不准当时在阿克苏二中第一次欣赏《峡谷》的情景是不是我的一个梦。可是，我仍旧肯定那是真实发生过的事儿。我想，不要再过些年我真把那当做梦了，便如实记下。假如柳村偶尔能看到，算是我的一种幸运了。

施 救

○田洪波

乔枫无聊地走在海滨浴场的沙滩上，尽管大人孩子的欢声笑语肆意张扬，他却充耳不闻，倒是心中的那个念头更加强烈——怎么没人呼救呢？没有漂亮的女孩子遇到危险呢？

乔枫期盼偌大的海滨浴场能够有一场骚动，那样的话，他这个专职救生员就可以大显身手了。乔枫当然保证她不会有危险。乔枫曾救过多人，他自信她会在他的努力下，再次睁开美丽的眼睛。当然，目前的一切只存在于乔枫的幻想中。早前，曾有几次救人经历，但对象多是老人和孩子，虽然乔枫也非常有成就感，但他一直期盼出事的是心中那个女孩子。

夏日的阳光毫无顾忌地灼烤在乔枫宽阔的后背上，他却浑然不觉。乔枫已经沿着海滩走了好几个来回。本来，乔枫可以逍遥自在地躲在凉亭里、树荫下，或者悠闲地看一本书，或者眯眼小憩一会儿，但太多的心事无法让乔枫安静下来。乔枫已经29岁，他想恋爱想很久了。可是外形还算俊朗的乔枫一直没机会多接触女孩子。曾经在救过老人后，有漂亮的女孩子朝他投过去火辣的目光，但随后的日子里，一切又都风平浪静。

乔枫知道，现在的女孩子都不是活在空中楼阁，他不怨她们。有一年情人节，乔枫曾一个人跑到歌厅唱歌，就唱林志炫的《单身情歌》。反复唱，直到把服务生惊诧地吸引来问，哥，是我们的点唱机出问题了吗？那一刻乔枫的泪水夺眶而出。

在炽热的阳光中，患得患失的乔枫就那样把目光撒向熙熙攘攘的人群，心里的那个声音几近于呐喊——快点出事吧，快点有个女孩子出事吧！

乔枫当然知道，英雄救美也不见得会有故事发生，但起码他借机可以吻她，可以近距离地接触她的身体，而这一切对于乔枫而言都是遥不可及、不敢想象的。他仅仅是想了却自己的一个愿望，所以，他不认为自己有多么居心叵测。似乎上天知晓乔枫的心事。乔枫注意到，有一个小群体一直在肆无忌惮地打闹，看样子他们是同学。可能是都喝了酒的缘故，女孩子们一直在海浪中高声尖叫，互相追逐，不断有人做出夸张的打闹动作。

乔枫悄然注意到，有一个女孩子兴奋地抱着救生圈远离了同伴，并且越游越远，自己却浑然不觉，而此时的风悄然大了起来。

乔枫没有提醒那个女孩子，他甚至巴望着她能再漂远点儿。果然，在酒精的刺激下，那个女孩子越游越勇敢，渐渐变成了一个小圆点。

这时风已经大起来了，而且天空迅速黯淡下来，太阳不知突然躲到哪里去了，那个女孩子很快就被一个浪头击中，失去了救生圈的依附，几个踉跄，身体开始上下浮动，冲岸边高声喊起救命……

在女孩惊慌失措的同学面前，乔枫适时地站了出来，众目睽睽下，向那个小圆点快速游了过去，很快在人们的助威声中，拉到了那个女孩子的手。乔枫把女孩子紧紧地拉在怀里，激动得浑身颤抖。有一瞬间他甚至想停下来。

乔枫开始慢慢拖着她往回游。乔枫感觉到了她的凹凸。乔枫开始想象他把她弄醒后的情形。乔枫注意到，女孩子不过二十一二岁，非常漂亮。乔枫相信，即使自己不在心里巴望她出事，这样的年纪也是常会闹出乱子的。

乔枫回到岸上展开施救。先是按压，见对方没什么反应，又紧急做起人工呼吸。乔枫感觉到了一股甜，他真想世界此刻能够静止。

可女孩子的情况似乎比乔枫想象的要糟糕，她一点儿生命的迹象好像都没有了，只任凭乔枫的折腾。乔枫的额头流汗了，一面强迫自己镇定，一面继续拿出看家本领……

当女孩子终于有了喘息时，人们欢呼起来。她的同学迅速上前把她包围起来，而女孩子则偎进一个男生怀里啜泣起来。

没人注意到，乔枫悄悄地躲到一个凉亭里，低头想着什么。少顷，重重地给了自己一巴掌。

地球还原公司

○李永康

　　我最初打算到地球村管理委员会去申请注册一家拆除公司。文件递上去，管委会的人批评了我一顿，说我是呆鹅，没有想象力。他们说，你现在办的是一家前无古人（没有想到现实如此严峻）、后无来者的公司。现在，"世界"这个词业已消亡，全球一体化早已形成，地球是一个大村庄了。当你这个公司一旦在管委会申办成功，意思就很明确：只此一家，别人休想再独立注册了。他们热情地协助我，帮我草拟了几个名称：地球露美公司、地球清洁公司、原始地球公司……我思考了几分钟，脑子里立马蹦出："地球还原公司"——让地球还原它的本来面目吧。

　　证照到手后，我看营业范围，除了先前写的"拆除房屋，建造绿地"外，管委会的人还特地在前面添了"按本公司的设想"几个字。我那个高兴劲儿别提了——从此以后我可以随心所欲我行我素地干自己想干的事情了！我立马合上证书，紧紧抱在怀里像窃贼一样四处扫描了一下，快步走出办证大厅，坐上车回到公司。

　　我先前是一家建筑公司的老总。建筑业的黄金时代我经历过，眼下并不是建筑业衰退，还有好多好多项目需要建设啊，但是根本就没有土地可以建造房屋了。过去，国与国之间还有一片开阔地作边界，城市与城市之间还有一段乡村田野作绿色分隔，现在完完全全是连在一起了。只有房屋，看不见绿色，连山也被开发利用：建公寓，修别墅。目前，地球村有两家公司门庭若市："视野开阔行"（眼镜店）和"人动力支持部"（饮水服务公司），据说与此有关。我失业了三年零六个月，才萌生出再办一个公司再干一番事业的念头。

公司挂牌那天，前来祝贺的人络绎不绝。他们送来的牌匾也非常让人激动：

"还我一片绿地！"

"给大地披上绿装！"

"锦绣河山盼还原！"

我暗暗在心中发誓，一定不辜负大家的期望。

可是，接下来我就遇到了难处，高楼林立的地球村，我从哪里开刀呢？

有一天，实在无聊，我开着车载着公司的几个技术人员漫无目的地闲逛着，非常累，就在一条街的一条小巷里停下来打算休息一会儿。不料，呼啦一下围上来一大群人。

我认识他们。我这是回到了老家——我原来也是乡下人。我一阵兴奋，下车走过去想和他们拉拉家常，说几句亲热的话。他们却一个个怒目圆睁，叫我不要打这地方的主意。他们说，他们现在是市民了，已经忘记了乡村，如果我带着公司将这个地方还原为乡村，他们将无法生活，他们对过去的乡村生活非常恐惧。

他们说到我的心坎上了。农民真苦，农村真穷。我当年不是在心底里默念着这句话想方设法走后门托关系才"农转非"逃离这个地方蜕掉"农哥"这层皮的吗？我含着泪许诺：我决不会做对不起家乡人的事！

公司开业快一年了，好不容易有了一笔业务，是拆一座旧厂房——拆后还要重建！这虽然与公司的宗旨有点相违背，但为了打开局面，我还是接下了。没想到，更大的困难这时候才暴露出来：拆下来的建筑垃圾压根儿就没有地方倾倒。这是我在申办公司之初唯一没有考虑周全的。不用说，没多久我的公司就垮了。

金丝楠木的鸟笼

○石　闻

在法兰克福，我和一位老妇人成了忘年交。她是著名的汉学家。有一天在餐桌上她突然想喝酒，问我能不能帮她到地下室取一下，我表示愿意效劳。我费了很长时间才打开锁，因为锁生锈了。不过里边的东西还算清洁，没有多少灰尘，有一个漂亮的鸟笼让我怦然心动，它倒在墙脚的一些汽车模型旁，笼里的食盅是景泰蓝的。我知道这是中国的特产，因为我就是中国人。

我给她倒好酒，她喝得很高兴。

我向她要鸟笼。我一直独身，早想弄只鹦鹉或八哥。

她没有马上表态，我不禁为自己的冒失而略显尴尬。

过了一会儿她告诉我，这个鸟笼的确是中国的东西，但不是中国人送的。42年前，她的父亲是个玩证券的大人物，她是豪门小姐，因为各方面条件都很优越，所以男性对她望而却步。她说法兰克福当地的男人都挺自卑，不如我这样的中国东北人，看到喜欢的东西就敢开口要。

有一天，她在歌德故居认识了英俊少年布赫。当时，布赫穿着朴素，混在一群庸庸碌碌的大学生中。他过来跟她搭讪，自称是学美术的。布赫的衬衣上真的有油彩。

她非常兴奋，也很谨慎。她说自己也是学生，家就住在附近。别的她什么也没说。两人开始交往，布赫经常邀她看免费画展，有时他们在小咖啡店谈凡·高、歌德或者李白、八大山人。三个月后，布赫非常激动地告诉她，他找到了第一份工作，并且拿到了第一笔预付的工资，他想请她吃一顿中国菜。

她跟他来到中国餐馆。尽管中国菜对她来说不是稀奇的食物，但因为有布赫，一切都很愉快。他谈到了中国水墨花鸟，还给她念了他翻译的中国诗歌：

> 我们没有美丽神鸟的翅膀
>
> 无法在彼此的天空中翱翔
>
> 可是在心灵的深处
>
> 永远不需要多余的明朗
>
> 只要眼神凝视
>
> 便可洞悉彼此的渴望
>
> 还有那恋爱时特有的
>
> 真情和梦想

饭吃到一半时，一个侍者走过来，说，请问你们是不是情侣，因为这天是中国的"七夕"节，餐馆有礼物赠给来就餐的情侣。布赫问是什么礼物，侍者说打七折或者送一个金丝楠木的鸟笼，里边装着一对白羽红嘴的小鸟。布赫说能不能看一看你们准备的礼物。侍者就回身去，很快提着鸟笼来了。她一看见这个鸟笼，就喜欢上了，当然还有那对亲亲密密的小鸟。它们黑褐色的眼珠打量着她，她的心怦怦跳个不停，但她没有说话，因为她觉得布赫也许会选择七折，他的经济状况不好。不管是哪样，她都准备配合他，承认他们是一对情侣。

出乎她的意料，布赫摸了摸鸟笼，非常遗憾地说："抱歉，我们还不是，实在……"于是，她脱口而出，对侍者说："他在开玩笑，我们当然是！"布赫愣了一下，用热切的目光盯着她，直到她垂下睫毛，只听布赫说："那么，我们要这个鸟笼！"

这时，侍者却说："先生，如果真是情侣，能不能验证一下，比如，轻轻一吻。"

她抬起头，发现布赫呆若木鸡地坐在那里，于是就在侍者准备离开时，她吻了他。他从侍者手上得到了鸟笼，并把它送给了她。

而她，一发而不可收地爱上了他，成了他真正的女友。

"这是个道具，他花钱安排好的，其实餐馆怎么会用这样精巧的鸟笼当赠礼。"老妇人笑得非常动情，"虽然不是真正的金丝楠木，可它真的漂亮极了！那个收了小费的华人侍者肯定以为他帮助了一个富有智慧的求爱者，成全了一段美好的爱情。"

要不是她讲了后面的事，我简直要把那鸟笼当成天下最美丽的礼物。

这段爱情如火如荼地持续了四个月，布赫就消失了。她的父亲也因为被人探知了商业机密而破产，从高楼上跳了下去。

这是她第一次恋爱，也是第一次知道什么是商业间谍。

老妇人讲到此处，我觉得全身发冷，那只鸟笼在我脑海里泛起鬼火一样的荧光，尽管它是中国的好东西，却不幸沦落到一个骗子的手里。当然，还有李商隐的诗：身无彩凤双飞翼，心有灵犀一点通。

我起身告辞，走到门口，还是忍不住回头问："那你还留着它，怎么就没摔了它？"

"不管怎样……"她说，"它是我体味到恋情时的第一份礼物，也是唯一的。从那以后，我就开始学习汉语。"

"你想再到那家中国餐馆，调查布赫的情况？"我呼吸急促地问，"你查到这个骗子的下落了吗？"

"不。"她看了看地板上自己的影子，"学汉语，我不是为了这个。"

"那为什么？"

"因为汉语很难，而且很……"她红着脸说，"对不起，请原谅我的看法，学习汉语是一件很枯燥的事，所以非常适合我……"

李明鸣

○苏　北

　　李明鸣行二，我们叫他李小二子。我们当地都喜欢叫老二"二呆子"，不知何故。李小二子并不呆，但是他也不聪明，智商不算高，要说起来属于中等偏下。他和我家是紧邻，只隔一户人家，一个小四合院，院内两棵巨大的梧桐树。梧桐是上个世纪六七十年代的特色，县里种了很多。梧桐又叫"悬铃木"，秋天它挂着许多铃铛一样的果子，真是"悬铃"。他家的梧桐树很大，夏天一院子的树阴，我们常到他家乘凉。

　　他弟兄四个，都是男孩。他家老大比我们大几岁，络腮胡子。他练功。于是他家老二也练功，于是我们就跟老二练。我们搞石锁，搞哑铃，搞石担子（一种土杠铃）。老二话不多，不幽默（幽默是智慧的象征），但他认真，喜欢担一点责任。所以他基本上是牵头人，相当于一个小头目。他的功夫也好一点儿，小小年纪，膀子上的肌肉已可以了，比我们几个发育不全的"鸡崽儿"强多了。这样他更应该是头目，于是领着我们练石锁、哑铃、石担子。夏天的黄昏知了长鸣，他家梧桐树上一片声音。我们满头是汗，打个赤膊，在那"用功"。他母亲，周周正正的，长得很好。她在树下缝衣，或者扫树叶，或者在煤球炉子上烤馍。他母亲好像是北方人，喜欢吃面。蒸了的馍，第二天就在炉子上烤了吃，特别香。我们练着，香味过来了，他母亲就笑着说，小二子，过来吃馍吧。她这"小二子"里也包括我们。于是我们吃馍，还喝他母亲的凉白开。我们吃着烤馍，黄昏慢慢下来了。一个夏天就这么过去了。

李明鸣学习并不好。他也不是不懂事，不刻苦；他再努力，也是一般。他喜欢害手。冬天手能肿得像馍。并且烂，之后结痂。他戴个半截手套。总是抠那快要脱落的痂，痂脱了，露出一块白肉，有血丝渗出，像刚刚剥开来的鲜蚕蛹。我们反对他剥，可他总是剥，有时就趁他不注意，一下掀开那痂。他疼得吸溜一声，就来打我们，我们当然就要吃些亏，可我们还很高兴，并不改正，还是去剥。

我们学校来了个女同学，叫张秋芸，是北京来的。这可是天大的新闻。在我们那个年龄，这是我们见到的第一个北京人。不知为什么，她到她姑姑这里来上学，就插在了我们的班上。现在我知道了，她怕下放到边远的地方。她脸上干干净净，那种白净，和我们县里人不一样；她说话也和我们不一样，慢悠悠的，像唱歌。她举止不小气，大方得很，和男同学说话，表情很自然。她就是一阵旋风，旋在我们的学校。

她刚来时像小树苗一样纤瘦，上了两年，长起来了。走路如风摆杨柳，自有一番韵味。反正变了，变成女人了。那个时候已开始抓学习了。我们的教室，晚上开始自习，一幢大楼，一楼的灯光。下晚自习，大家叽叽嘎嘎，拥出学校。张秋芸在前面走，后面有不少男生，李明鸣也混迹其中。他跟着张秋芸走，一直走到南门老街张秋芸姑姑家，他再折回来，回家。

李明鸣不仅仅害手，他又害上了单相思。少年的单相思，也不是很严重的，他有点苦恼，但也不够确切。他有一回对我说，我喜欢张秋芸。这样的夏天，有一个少年，单相思一个少女。这个少年每天中午，大人们都睡了午觉，他一个人，踽踽地来到南门小街，看能不能有什么奇迹。他有的时候，看到张秋芸在院子里晒被。张秋芸踮着脚，把被子甩到院子里拉的铁丝上，之后拽平。李明鸣真恨不得过去帮忙，可是他还没有那个胆。他只有在门口张望。

李明鸣长高了，他的脸上也是络腮胡子了。他满脸忧郁，满腹心事。他知道，张秋芸不可能爱上他。他爱张秋芸，自己却是一点把握也没有。他知道自己不够格，可是他不能控制自己。

　　没过多久，张秋芸终于走了。她回北京了，去参加北京的高考。一个像梦一样的女孩消失了。

　　多少年过去了。现在想来，李明鸣真是癞蛤蟆想吃天鹅肉。但我们从另一个情形看来，对于爱情，人，基本上是没有自知之明的。

听说哈图是英雄

○何君华

哈图回到草原上回到小嘎查是两年后的事。哈图两年前去当了兵，两年后退役归来的哈图成了英雄。凭什么说哈图是英雄？因为哈图回来的时候胸前戴了红花。

听说哈图在部队立过三等功，还入了党，这叫大家不敢相信。两年前的哈图还窝窝囊囊，别说套马、摔跤这些男人的活计哈图赢不过别人，就连一个人走夜路他都胆怯，怎么一进部队就脱胎换骨，倒成了英雄呢？

两年前的那场那达慕大会整个嘎查的人至今都还记得。哈图刚一上场就被小他四岁的呼日勒狠狠摔倒，躺在地上再也爬不起来。摔跤比的是男人的力量和勇气，没想到人高马大的哈图竟然是一个窝囊废！嘎查人乐不可支，从此这件事成了大笑柄。哈图一气之下就去当了兵。

都说部队是练兵场，再孬的人也能给你练出一副钢筋铁骨来。大伙对这话将信将疑。大家对哈图是怎样从一个窝囊废变成英雄深感兴趣。闲下来的时候，大伙就围着哈图问这问那：哈图，你是咋立的三等功呢？哈图只低低地说一句：都过去的事了，有啥好说的？

你就说说呗，有啥好保密的？性急的人不肯放下话头。

真没啥好说的，都是小事。哈图还是不肯说。

小事能给你记三等功？不要搪塞大家嘛。你不肯说，莫非你的三等功是假的？说话的人用了激将法。

是啊，不会是假的吧？人群里马上就有人附和。

哈图面对大伙一脸的质疑，讪讪地走了。

哈图这一走更加重了大伙的怀疑，莫非哈图所谓的"三等功"真的是假的？谁也没见过哈图的军功章呀！凭什么说哈图就是英雄？

再碰见哈图的时候，好事的人还是不肯罢休，追着哈图说：哈图，我这辈子还没见过军功章呢，你拿出来让我开开眼。

哈图说：我要去学校，没工夫给你拿。再说，也没啥好看的。

说完哈图就加快脚步走了。

哈图回来之后一直在嘎查小学当门卫兼司铃。学校穷，买不起电铃，上下课的时间到了，哈图就去教学楼敲铃。但今天是周末，学校早放假了，哈图还去学校做什么？哈图分明是在搪塞他们。说话的人就不乐意了，远远地喊道：要是没有那玩意儿就不要吹牛吧。还真把自己当英雄啦？

哈图只当没听见，头也不回地向前走。

哈图一点也没变，还是当初那个窝囊废！人们这样议论的时候，哈图每天照样去学校，好像人家议论的不是自己，而是一个与自己毫不相干的人。

这年的天气说也奇怪，连绵的大雨下了一个夏天也没个止。这在往年是很少见的，在草原向沙漠过渡地带，十年的雨水也不见得有今年多。洪水在下午三点的时候冲进了学校。伊古达河决堤了。谁也没想到伊古达河会在这个时候决堤，因为上午雨就停了。况且，伊古达河从来也没决过堤。

哈图是第一个发现伊古达河决堤的人。后来哈图跟大家说，他在部队抗过洪，他是听到洪水的咆哮声判断出决堤的。哈图在洪水越来越尖锐的嘶吼声中拼命向教学楼跑去，一边跑一边喊：大家快跑呀，洪水来啦！由于连月来的暴雨袭击，按照上级要求，学校提前进行过应急训练。这回真的派上用场。大家都有些手忙脚乱，但万幸的是，全校120多个孩子都及时跑到了高坪上。为了预防洪灾，上级教育部门专门拨款修建了这个高坪。虽然有些挤，好歹能让大家躲过一劫。

刚上高坪，洪水就卷着泥沙远远地奔袭而来。乌云校长立即清点人数，却发现三年级少了两个学生！三年级的班长这才想起来，下节课要搞大扫除，那两个学生是值日生，刚去学校后院领劳动工具，现在可能还在路上！话音刚落，哈图就听到从洪水里传来呼喊声，正是那两个孩子的声音！哈图二话没说一头扎进水里，逆着水流向两个孩子游去。那两个孩子手拉着手抱着一棵小树被洪水冲得摇摇晃晃，吓得大哭起来。哈图拼命向他们游去。就在快要接近的一刹那，一个浪头打来，洪水把他们三人连同那棵小树一起卷向了下游……

哈图趁势抓住两个孩子的手，但更凶猛的洪水再次扑来，很快，他们三个连成一体消失在了大家的视线里。

洪水把他们仨冲到了南沙野，哈图一直没松开他们的手，他们抓住一截断桥墩挺了一夜。等洪水终于过去，哈图把两个孩子送上岸的时候，他已经完全没了力气，躺在岸边足有半小时动弹不得。

人们都以为哈图死了。当哈图领着两个孩子回到嘎查时，大家兴奋地冲着哈图喊：巴特尔！巴特尔！

后来，哈图向大家说出了自己的故事，他在部队抗过洪。那枚军功章就是在抗洪时得的。他得了军功章，可是他的两个战友却被洪水冲走了，连遗体都没捞到……看到军功章，他就会想起战友，就会想起当时那一幕。他们离他那么近，只隔着一只手的距离，只要再靠近一点点，他就可以抓住他俩的手，可是他没有抓住……

哈图说着禁不住流下了眼泪。大家都擦着泪，哈图长舒一口气，接着说：幸运的是，这一次，我抓住了那两双手。

巴特尔！巴特尔！众人又发出一阵山呼海啸般的呐喊。

驴子的歌

○王奎山

　　我有多年乡村生活的经历，对驴子可谓是了如指掌。如果要用两个字来形容驴子在我心中所引起的情感，那两个字是"温暖"。

　　驴子的最大特点就是任劳任怨，不计任何报酬。我们那里有个知青叫王三毛。有一年夏天王三毛回城探亲。回来的时候，带了一床棉被，还有一捆书。下了火车，有十几里山路。那时又没有汽车，全凭两条腿走。王三毛背上棉被，提上书，往队里赶。一开始还行。走了几里地，王三毛感到再也无法忍受。棉被倒没什么，背在肩上不算沉。问题是那一捆书，提在手里，勒得手火烧火燎地疼，疼得王三毛简直想把那捆书扔掉。正在这时，王三毛发现路边有一头驴子。那个时候，乡下还没有通电，拉磨全靠驴子。有的地方图省事，就把驴子分下去，或三家或五家伙用一头。毛驴不是什么主贵东西，拉磨之余，农民就用一根长绳拴着驴子，绳子的末端有一个木橛子，把木橛子往地下一扎，驴子就老老实实地在那里吃草。王三毛遇到的就是这样一头驴子。王三毛看到驴子灵机一动：既然有这样一头现成的驴子，为啥不用？王三毛把书和行李往驴身上一搭，赶上驴子走了。按说，王三毛不是驴子的主人，驴子有百分之百的理由拒绝为王三毛服务。但遗憾的是，驴子不懂得这一点，所以就被王三毛利用了。事情还不仅仅如此。王三毛第二天回去归还驴子的时候，驴子的主人正为平白无故丢失一头驴子而着急。见王三毛把驴子送上门来，驴子的主人不仅没有怀疑王三毛无端地使用了驴子，还把王三毛当成了助人为乐的救星，对王三毛千恩万谢的。王三毛自然不好讲明事情的真相，就嗯嗯啊啊地打哈哈。

有时候，驴子也和人一样，只顾着痛快，斗一时之气，结果吃了大亏。有一次，李大个子拉一辆架子车往地里送粪，前边有一头毛驴拉梢。那头毛驴是头叫驴。走到半路，对面也来了一头叫驴。两头叫驴也许是平日积下了矛盾，有一点仇人相见分外眼红的意思，一下子哇哇地叫着，扑到一起打起架来。李大个子毫无思想准备。叫驴的襻绳勒着李大个子的双腿，往旁边一用劲，一下子把李大个子弄了个嘴啃泥。李大个子是队里的大力士，遭此羞辱自然怒不可遏，爬起身来狠狠给了叫驴几鞭。想想仍不解气，就把叫驴解下，看看附近正好有一根拴牲口的柱子，就把驴子松松地拴在柱子上，然后，给驴子蒙上蒙眼，照驴子的屁股上甩了一鞭。驴子还以为是让它拉磨呢，就围着那根木柱转了起来。前边说过，李大个子是个大力士，一车粪对他来说本来就是小菜一碟，用驴不用驴都不在话下。李大个子就那样自己拉车，让驴子在那里围着木柱空转了整整一个下午。你也许以为，这驴子因祸得福，不用拉粪了。你错了。李大个子这是在羞辱驴子呢——他从精神上给了那头驴子以极大的羞辱：你他妈还逞一时之愤呢，也不看看自己是个什么东西。驴蒙眼一戴，照屁股一鞭，你就空转一下午，你真真是一头蠢而又蠢的蠢驴呀！

前边那头驴子为逞一时之愤也遭到李大个子的羞辱，足见驴子的行事草率和有勇无谋。但是，见识了下面这头驴子，你对驴子的看法也许会有所改变呢。

有一年麦上，毛能赶着两头毛驴碾场。打场太阳越毒越好。毛能戴一顶破草帽，被太阳晒得头昏脑涨，简直连眼睛也懒得睁开，只每隔半天有气无力地吆喝一声，表示他还在尽着职责。那两头拉碌的驴子，里面的是一头草驴，外边的是一头叫驴。而且，正巧那草驴还正处在发情期。这就有些意思了。叫驴自然想办事，但慑于毛能的权威，只好努力压抑自己。但是，欲望之火把叫驴烧得周身热血沸腾，叫驴决定冒险一试。叫驴斜眼瞅瞅毛能，见毛能一副昏昏欲睡的样子，就搞起了小动作。叫驴故意放慢自己的脚步，一点一点地往后靠。等到草驴超出叫驴半个身位，叫驴陡地一纵身，一下子跨到了草驴的背上。等到毛能发觉事情有异的时候，叫驴已经把事情办得差不多了。毛能是个"驴道主义"者，看到叫驴草驴那十分满意的样子，也禁不住乐得呵呵地笑了起来。

怎么样，你对驴子该另眼相看了吧?

兔　子

○周同宾

　　八爷逮了一只兔子，野兔，毛色已黄中发黑，毛梢又泛白，老兔子；肚子大，腹下有六个乳头，母兔子。不是八爷逮的，是因为秋后地里没了庄稼，兔子藏不住身，进了村，藏在柘剌林里，被狗发现，狗撵兔子，三条狗撵，把兔子赶进八爷的羊圈里，藏一群山羊中。三条狗站圈外傻了眼，站一会儿，互相看看，散了。这时候，八爷让他的狗进圈找兔子，狗一口咬住兔子的屁股，拽了出来。兔子拼死命挣脱，眼看要跑掉，八爷掂起打墙用的榔头，照兔子头上狠狠一敲，那野物当即死了。

　　八爷在门前剥兔子。我去看。把死了的兔子绑了一条后腿吊门前的树上。那是棵结了槐角的槐树，恰有一枝弯下来，像弯着的胳膊，兔子就挂在弯处。我看见，没绑的那条腿还在动，它还没有死讫（讫是我们那里的方言，意为完结，亦即讫的古意，大概是古汉语在民间口语中的遗留）。八爷拿把宰牛杀羊的刀剥兔子，刀太大，使着就不方便，怕划破皮，剥得很慢。一张兔皮能卖好多钱呢，破了卖钱就少。我一直站他身边看，看他先从兔唇开始剥，尔后剥头，剥脖子，剥前腿，剥身子，剥没绑的后腿，最后才剥吊着的后腿。剥着，一遍遍向我讲述逮住兔子的经过，就是不说剥后煮熟了让我也吃一块肉。

　　快剥完时候，他孙子，叫柱儿，一个满脸黑灰鼻涕流在嘴上的娃娃，也去看，比我凑得还近。八爷说："站远点，刀子碰了你，流血哩。"柱儿还不站远。又哄道："听话，兔子煮熟了叫你吃后腿。你看，这后腿肥，肉多，好好解解馋。"他始终不说叫我也吃点儿。我不是他孙子，也是娃娃啊。何况，我站的地方远，一点也不碍他事。

剥完了，舀两瓢水朝已经没了皮的兔子一泼，取下就掇回灶屋，剁成十来块，马上就下锅了，高声喊他老婆烧火。我一直跟到锅灶前，他还是不说让我吃。我不吃后腿啃根肋巴骨也行啊。可老头子就是不吐口，我只好离开回家。扭头看见他家烟囱冒出黑烟，不禁流出口水，同时心里说："老家伙真小气。"

几天后，八爷在平路上走，没来由地摔一跟头，闪了腰，疼了多天才好。柱儿和我们一块儿在村外玩蹦沟岸，也摔一跟头，磕掉一颗门牙。娃娃们都没事儿，就他磕了满嘴血，哭得眼泪鼻涕流老长。村人就和兔子联系起来了，说，兔子是土地爷的马。吃兔子得罪了土地爷，报应他爷孙俩了。土地爷是小神，也开罪不得，逢年过节还上香烧表哩。招惹他老人家，虽不会送命，小灾小难还是要碰上的。我不禁后怕，亏得八爷没让我吃兔肉，如果吃了，会不会也磕掉门牙？

真是想不到，野物和神也有关系。

隐者王冕

○陈国凡

凡桃俗李争芬芳，只有老梅心自常。题完《墨梅图》上的这几个字后，王冕把笔一丢，好不畅快。

自打离开大都后，王冕就隐居在家乡浙江诸暨的九里山中，这里风景秀丽，宜居宜养。王冕自号"煮石山农"，开荒种粮，栽竹植梅，躬耕陇亩，自食其力。劳作之余，就吟诗作画，画梅，画荷，也画竹。他喜欢梅的傲骨，荷的圣洁，竹的节操。

这种远离尘世的田园生活每每让王冕舒心不已。

可这种舒心的日子很快被打破了。

那日来一人，见了王冕，躬身施礼道，我乃朱元璋将军的使者。将军久慕先生大名，特派小人前来，恭请先生下山，共谋大计。

王冕眉头一皱，道，我乃一介布衣，无德无才，且早已不问世俗之事，恐要让朱将军失望了。

不急，请先生再考虑考虑，我明日再来。来人遂告辞。

翌日，使者再来时，但见屋子空空，王冕早不知去向。

几日后，王冕的新屋前又响起了敲门声。王冕假装没听见。

来人大声说道，先生，让我好找啊。我知道先生在里边。

屋里仍是毫无声息。

任凭使者如何劝说，如何哀求，王冕就是不开门。

天很快暗了下来。王冕以为使者走了，便开了门。门口果然空无一人。王冕大喜，回屋拿了东西，疾走。

没想刚转过一小山冈，呼啦啦，一大片火把骤然亮起，天空也一下子明了起来。

王冕大惊，转身欲走，忽闻一声："先生哪里去?"

王冕不由立住，闻声望去，但见山冈上赫然一人，一身戎装，浓眉大眼，阔面长耳，器宇轩昂，好不威风!

王冕浑身一颤：莫非此人是朱元璋?

那人似乎看透了王冕的心思，笑道，我就是朱元璋。先生好难请啊。古有刘备三顾茅庐事，今有我朱某诚心相邀。先生随我下山吧?

下山，下山⋯⋯将士们齐声高喊，一遍又一遍。

漫山遍野同一个声音，响彻云霄。

王冕只得随行。

朱元璋大喜过望，刚回军营，便大宴宾客，为王冕接风。

朱元璋举杯来到王冕跟前，亲自为他斟满酒，恭敬地说道，先生归我，胜于十万大军，朱某幸甚，幸甚哪! 请先生干了此杯!

干了吧! 先生，干了吧! 文官武将都如是说。

王冕只得干了杯中酒，心中却一阵悲苦袭来。

此刻，王冕忆起先前身在尘世的那些日子。

自己少时家境穷苦，白天放牛，夜晚则灯下苦读，孜孜不倦，被誉为神童。稍长后更是学富五车，能书能画，人称通儒。科举却屡试不中，从此永绝仕途，浪迹江湖。也曾游历都城，写诗作画，声名远播，求诗索画者，络绎不绝。礼部尚书荐以翰林院官职，坚决不就。只因在一幅墨梅画上题了诗句"冰花个个圆如玉，羌笛吹它不下来"，被诬为影射朝廷，险遭陷害。黑暗现实，耳濡目染，只得悄然离京，从此隐居家乡九里山，过着避世遁迹的隐者生活。

可惜，刚过了几年舒心日子，就轻易地被这姓朱的给搅了。

朱元璋给了王冕一个咨议参军的官职，相当于军队顾问。

一听到唤他王参军，王冕心里就窝火，就苦闷。白天，眉头紧锁成个川字。晚上，做梦，梦里全是以往在九里山的快活日子。

王冕就整天吃吃喝喝，啥事不干。朱元璋很是恼火，却又不好发作。谁叫他是自己亲自请来的呢？

一日，朱元璋来到王冕下榻处，看着王冕的眼睛，一字一句地说道：吾上应天命，下顺民心，举义旗，兴义兵，讨诛逆贼，匡复天下。一时四方响应，文武英雄，尽来归顺。你也理应闻风而动，兼程来归。可你却隐居山林，烦我三请。今虽归吾，却心不在焉，是何道理？先生总不如诸葛孔明吧？

王冕回道，久闻将军威名，远甚于当年刘玄德。然昔日唐尧德泽布天下，仍有许由颍水洗耳之事！人各有志，将军何必苦苦相逼呢？我久居山林，不问世事久矣，在此，徒损将军威名，徒碍将军大业。还望将军早遂我愿，放我回去。

朱元璋突然从跟随的侍卫腰间拔出宝剑，架在王冕脖子上，厉声道，难道先生不怕我杀了你？

王冕毫无惧色，那是将军的事。

朱元璋终究没有加害王冕。

王冕得以重归九里山。只是从此郁郁寡欢，终成病疴，不治而亡。

后来，朱元璋建立明朝，想起王冕，就差人来寻，才知王冕早已过世。朱元璋长叹一声，也好，此人虽没为我所用，但也未被他人所用，幸甚幸甚！

不几年，朱元璋对开国功臣大开杀戒。

想起了当年王冕誓死不从朱元璋，暗地里，世人都说，远见啊，幸甚幸甚！

四个妻子

○肖惠心

从前，有个人娶了四个妻子。

第四个妻子深得丈夫的喜爱，不论坐着站着，工作或休息，丈夫都跟她形影不离。丈夫对她言听计从，非常宠爱。

第三个妻子是经过一番辛苦才得到，几乎是向别人抢来的。所以，丈夫常常在她身边甜言蜜语，但不如对第四个妻子那样宠爱。

第二个妻子与丈夫常常见面，互相安慰，宛如一对能够推心置腹、尽兴谈天的朋友。只要在一块就彼此满足，一旦分离，就会互相思念。

而第一个妻子，简直像个婢女，家中一切繁重的劳作都由她担任。她身陷各种苦恼，却毫无怨言，任由丈夫驱使，却得不到丈夫的半点爱抚和只言片语的安慰，在丈夫的心里几乎没有位置。

一天，这个人必须离开故乡，出国做长途旅行，他对第四个妻子说："我现在有急事要出国，你肯跟我一块儿去吗？"

第四个妻子回答："我可不愿跟你去。"

"我最疼爱你，对你言听计从，为了取悦你，我全力以赴。怎么你现在不愿陪我一块去呢？"丈夫惊异万分，不解地问。

"不论你怎么疼我，我都不想陪你去！"第四个妻子固执地说。

丈夫恨她无情，就把第三个妻子叫来问："你能陪我一块去吗？"

第三个妻子回答道："连你最心爱的第四个妻子都不愿陪你去，我为什么要陪你去?"丈夫说:"你可知道我当初追求你,费了多少心血吗? 不管寒暑、饥渴,我都为你赴汤蹈火;与人纠纷,几乎粉身碎骨,费尽九牛二虎之力才得到你。为什么你现在不肯陪我出去呢?"

不管他怎么说,第三个妻子仍心坚如石,就是不肯去:"那是你自己百般追求我,而不是我追求你。如今你远赴国外,为什么要我陪你出去受苦?"

丈夫恨第三个妻子无情,不得不把第二个妻子叫过来说:"你能陪我出国一趟吗?"

"我受过你的恩惠,可以送你到城外。但若要我陪你出国,恕我不能答应。"丈夫也憎恨第二个妻子无情无义,对第一个妻子说:"我要出国旅行,你能陪我去吗?"

第一个妻子回答:"我离开父母,委身给你,不论苦乐,都不会离开你的身边。不论你去哪里,走多远,我都一定陪你去。"

他平日疼爱的三个妻子都不肯陪他去,他才不得不携带决非意中人的第一个妻子,离开都城而去。

原来,他要去的国外乃是死亡的世界。拥有的四个妻子乃是人的意识。

第四个妻子,是人的身体。人类疼爱肉体,不亚于丈夫体贴第四个妻子的情形。但若大限来临,生命终结,灵魂总会背负着现世的罪福,孤单寂寞地离去,而肉体轰然倒地,没有办法陪着前去。

第三个妻子,无异于人间的财富。不论多么辛苦储存起来的财宝,死时都不能带走一分一毫。

第二个妻子是父母、妻儿、兄弟、亲戚、朋友和仆佣。人活在世上,互相疼爱,彼此思念,难舍难分。死神当头,也会哭哭啼啼,送到城外的坟墓。等到把死人埋在地下,他们垂头丧气地返回家舍。但用不了多久,就会渐渐淡忘了这件事,重新投身于生活的奔波中。第一个妻子则是人的心，和我们形影相随，生死不离。它和我们的关系如此密切，但我们也最容易忽略了它，反而全神贯注于虚幻的色身。

佛道哲理：

我们沉醉于自身，沉醉于亲情、友情、爱情甚至金钱，殊不知，最重要的是我们的内心和灵魂，只有它才能陪伴我们生生世世。

空 城

○刘正权

孔 明

　　想我堂堂军师，身边兵卒竟不过二千五百人，要是冤家司马懿突然兵犯西城，我当如何是好？

　　该死的马谡，若不是街亭失守，我诸葛亮谨慎大半生，又何至于进退维谷，只怕长平之祸不远矣。倘魏兵骤至，四面合围，断我水源，不须二日，军自乱矣，我等有家也不能归矣……

　　但愿上苍佑我，他日飞龙在天，必彰显我心。

司马懿

　　幸甚，幸甚，孔明一生神算，竟用了只会纸上谈兵的马谡镇守街亭，老祖宗说的一点儿没错，智者千虑，必有一失！今街亭已失，孔明必走矣，我且率三军去取西城，西城是蜀军粮草辎重屯所，若得西城，则南安、天水、安定三郡可复矣。

　　谅攻西城一偏僻小城，无异于探囊取物耳。

孔 明

短短一炷香时间，探子竟十次飞马来报，司马懿亲率十五万大军趁火打劫来了，可恶，可恨！

且看身边这帮官员，尽皆失色。养兵千日，用兵一时。只怕此刻是用不上了。

罢罢罢，且用身家性命与其赌上一赌，求人不如求己。

上城去。兵法云，知彼知己，百战不殆。且看司马匹夫如何叫阵。

司马懿

早有细作回报，说西城县眼下成了一座空城，哈哈哈，都说祸不单行，福无双至，我司马懿今日是要四喜临门了，先得街亭、柳城，眼下西城唾手可得，三郡又如何逃得出我掌心。

天助我也。此战毕，我司马父子在朝中声威鹊起，看谁敢冉反对我等。

不过，想那孔明绝非等闲之人，西城只怕是一场恶战，比不得街亭那么轻易得手吧。

孔 明

登城一望，果然是尘土冲天，旌旗招展，红日昏暗。好你个司马匹夫，此番想必吃定老夫了。

只怕你没那个量吧，须知我孔明也不是等闲之人。

来人，传令下去，旌旗尽皆隐匿，诸军各守城铺，如有妄行出入者及高声言语者斩之。再开四门，每一门用二十军士，扮做百姓，洒扫街道。如魏兵到，不可擅动，本人自有妙计。

有什么计呢，一座空城而已，就叫空城计吧。

司马懿

怪了。

蜀兵竟开门揖盗，是何居心？大兵压境，城头不见一兵一卒，莫不是不战而降？慢着，这西城将士只怕得了孔明锦囊妙计，赚我入城，再来个瓮中捉鳖吧！

哼哼，当我司马懿是那有勇无谋之辈了，且看他如何动作。两军对垒，好歹有人出来搭个话吧，察言观色可是我司马懿的强项，不怕你不露出破绽来，哪怕是蛛丝马迹，我也能顺藤牵出瓜来。

且看你如何言语。

孔　明

童儿，且与我披上鹤氅，戴上华阳巾。

一切打扮停当，再与我将琴抬上城楼，焚香迎敌。虚者实之，实者虚之，虚虚实实，看你司马匹夫如何处之。

司马懿

前军来报，说孔明那厮端坐城楼，焚香抚琴，城门洞开。且待我亲自观望一番，这老儿是被马谡气破了胆，乱了心神吧，大敌当前如此作态？

乖乖，孔明老儿还真悠闲呢，居然笑容可掬，左右各一小童，一捧宝剑，一执拂尘。看那洒扫街道的百姓，竟也旁若无人。哼，故意向我方暗示杀机四伏吧，哄鬼，鬼都不信。

孔　明

司马匹夫一定是在暗自揣测老夫的心思吧，其实以他的聪明才智大可以放手一搏的，纵不能胜，也不至于败吧。

看他二子司马昭的架势，已是跃跃欲试了呢！想不到，我诸葛卧龙会命悬西城，正所谓，龙栖沙滩遭虾戏，虎落平阳受犬欺啊！先帝啊，只怕是天将灭蜀了，都说人定胜天，可那只是说说啊，天意不可违呀！

司马懿

昭儿实在太多嘴了，看孔明那番阵势，谁都晓得是一座空城了。

问题是，我司马氏好不容易复出，若一旦擒了孔明，天下便无令魏主忌惮之人，魏主还留我在朝中做甚？

卧榻之侧，岂容他人酣睡，想想曹睿那阴毒的目光，再加上曹芳郭淮的忌恨，只待此城一破，他们就该磨刀霍霍了！

还想把我司马一家打入地狱，没门儿！

三军阵前，我就输一次脸面又有何妨，谅那孔明老儿羸弱之躯也撑不了多久，他日我羽翼丰满之后，别说区区一座西城，天下少不得也姓我司马了。

孔　明

司马匹夫果然是深知进退之人，惭愧，今日借他之手合演一段双簧，日后明理之人一定会得出这样一个结论，谁笑到最后，谁就是最大的赢家。

看来，司马匹夫真的是志在天下了。

眼下，我且先笑他一笑，毕竟在凡夫俗子眼里，司马匹夫还是稍逊我孔明一筹的。英雄出乱世，赢得生前身后名吧！

司马懿

虚虚实实，真真假假，就让孔明老儿在台前风光吧，他日我司马家面南背北之日，才显我真正英雄！

空城——我太需要这样一座空城了——容我操练兵马，容我叱咤风云的空城啊。

莲花的心愿

○闵凡利

悟了禅师去南方云游时带回了一株花，是菊花。花是黄色的，碗口那么大，风一吹，花瓣就颤颤地抖，就有清香从瀑布一样的花瓣里缓缓地溢，漫出去，涌满了寺院。一个寺里就都是菊香了。香很清淡，很能滋润人的心。闻着这香，就会觉得很暖和，阳光似的。心里的一些苦或痛，就会觉得远了，淡了，空了。

这种菊花比别的品种开得早。才八月半，花就开了。一开，菊香就像洪水一样地漾，先是一个寺院都是菊花的香，后来，寺院盛不了，就向山下淌去。一直流到山下的镇子上。

循着香，很多人来到了寺里。他们先给佛祖上香，把刚收获的鲜果供到佛案上。然后来到后花园。看着这满园的菊花，眼里满是激动，嘴里不停地说美啊好美啊。了空小和尚就跟着说：是美是好美。悟了禅师只是跟着念：阿弥陀佛，阿弥陀佛。

闵秀才也是循着菊香来到寺院的。闵秀才这次没皱眉头，和普通的香客一样，眉宇间有着激动和兴奋。悟了禅师一看闵秀才在不停地吸着鼻子，就在心里笑了。可这笑没有流露出，只是颂了句：阿弥陀佛。

闵秀才来到后花园，看到了满园正开得如火如荼的菊花，惊呆了。悟了禅师问：你闻到了？闵秀才拼命吸着鼻子说：闻到了，我闻到了。真香啊！悟了禅师问：好看吗？闵秀才说：好看，好看，好看死了！闵秀才就走进了花丛里，嘴里不停地说：美啊，真美啊！听闵秀才这么说，悟了禅师脸上的笑就很滋润，很醉。闵秀才在花丛里转一阵，看了看天说：哎呀，该去学堂了！接着闵秀才说：真不舍得离开啊。真美，真美啊！悟了禅师点了点头。闵秀才欲言又止，最后不好意思地说：禅师啊，我想……悟了禅师念了一句佛号说：你不要说了，我知道你要说什么。闵秀才有些不好意思，问：可以吗？禅师说：我早就给你准备好了！说着禅师领着闵秀才来到一株开放得生机勃勃的花儿旁说：这是园里花朵最多、开得最壮的一株。把它送给你，但愿它能给你们师生带去清新和欢乐！

闵秀才听了深深施一礼说：谢谢大师了！接着悟了禅师就向闵秀才交代关于育养菊花的一些花经：像开春栽根、五月扦插的繁殖方法，像怎样捉虫、怎样施肥、怎样孕蕾等等。禅师说得清楚而认真。禅师说：花儿是有灵性的，你对它好，它就会给你开出最美的花来报答你；你对它不好，它就会用它的枯萎来回答你啊！

闵秀才说：大师，我明白了。我一定像对待学子一样来对待这株菊花！

悟了禅师听了之后对闵秀才深深施了一礼说：我代这株花谢谢你了！

闵秀才说：禅师啊，你这是在折杀我啊！

悟了禅师摇了摇头说：施主啊，我是真的谢谢你啊！

闵秀才知道禅师说的是真心话，就看了看手中的花说：那……那我就回了。说完双手捧着菊花回学堂了。

闵秀才开了头，前来向禅师讨要菊花的香客就多了。他们都先夸菊花好看，接着就向禅师说想要一株栽在院子里。禅师都答应了。就把他们领进花园里，用花铲剜出，包好，然后像对闵秀才一样把怎样管理菊花的一些技术都交代一番。香客们都点头说，放心，我们一定会好好照顾这些花的。悟了禅师就很高兴，就对香客们施礼，说是代表花谢谢你们。禅师的这一谢，弄得香客们都很感动，他们都是像闵秀才一样捧着花回去的。

来要花的人接二连三，禅师都一一满足。在禅师眼里，这些人一个比一个亲近。最让了空小和尚不解的是，一个乞丐来讨花，师父也像对那些香客一样给了他一株花。小和尚本来对师父送花就有想法，但碍于香客们都是寺庙的施主，也就把一肚子的想法憋心里了。可给乞丐花，他穷得连家都没有，往哪儿栽啊？

悟了禅师说：乞丐虽没土地，可他有心啊！

了空小和尚不懂。

悟了禅师说：有的人是用土养花，可有的人是用心养花。用土养花的人是为了眼的激动，而用心养花的人是为活着的欢乐啊！

小和尚低下了头。

花园的花就这样被香客们都要走了。当最后一株花被香客捧走之后，小和尚看着空荡的花园，想象着原来满院的生机和芬芳，再也忍不住了，哇的一声哭了。

悟了禅师问：怎么了？

小和尚手指着这像没有了阳光一样空寂的花园说：本来，这里该是满园菊花的，我们该是　寺菊香的！

悟了禅师念了一句佛号说：孩子啊，菊花开在我们寺里，我们是一寺菊香，而我们把菊花送给施主们，三年过后，那可是满村的菊香、满镇的菊香、遍野的菊香啊！

看着师父脸上那盛开的像菊花一样的笑容，了空小和尚心里一颤。是啊，满村满镇遍野的菊香，那可是比一寺菊香大多了，也香多了。那是一片天地的菊香啊！他知道自己错了，低声叫了声师父。

悟了禅师说：孩子，与大家一起共享美好的东西，即使自己什么也没有，心里也是快乐的。因为这才是快乐，这才是真正的幸福啊！

天一入冬，悟了禅师去了山下一次，回来时背回了很多人们丢弃的菊花。禅师把这些枯萎的残花重又栽到花园里。了空小和尚很生气，一边帮着师父干活儿，一边说：他们也太势利了，花还没败呢，他们就把它们丢了呢！

悟了禅师说；别怪他们，俗世的人都这样。了空小和尚说：难道他们都这样就对了吗？悟了禅师说：孩子啊，这就是我们为什么要度人们的原因啊！

小和尚不懂，问：师父，咱们这样栽好培育好，你明年还会再送人吗？

悟了禅师说：送啊！

了空小和尚说：师父，你……你怎么这样呢？你是不是太蠢了？

悟了禅师摇了摇头。

小和尚问：师父，这……这到底为什么？

悟了禅师看着佛堂的佛祖说：孩子，能让满村遍野荡漾着菊香，这是佛祖的心愿啊！

了空就向佛堂看去，可他眼里只看到墙。

小和尚就对着佛的方向，双手合十念了句：阿弥陀佛！

验收收款机

○徐均生

唐宋出国考察，遇到某国高端设计人才杰克。

杰克跟唐宋一见如故，说自己从小学习汉语，向往中华文化，很想来中国工作。

唐宋当即拍板引进。杰克感动得眼泪直掉。

杰克来到中国后，在唐宋的支持下，不久就设计出一款公路无人收款机。司机只要往收款机里放进硬币，汽车就会放行，非常简便。

唐宋亲自开着一辆汽车试验。他开车直奔收款机，随手往收款机里放进几枚硬币，收款机就发出了声音："先生，请您通行！"栏杆自动移开。

杰克会心地笑了。唐宋对杰克说："你先别得意，我还得试试。"

唐宋又发动汽车直奔收款机，随手往收款机里放进几枚游戏币，收款机发出了声音："先生，请您通行！"栏杆自动移开。

杰克盯着唐宋的车屁股，目瞪口呆。

唐宋返回来对杰克连声说："不行！不行！"

杰克很纳闷儿，说："唐局长，你不能投游戏币的。"

唐宋反问："我为什么不能投？"

"这……这……这是不能投的嘛！"

唐宋便说："我可以不这样，可不能保证别人不会这样！你懂吗？"

杰克摇了摇头，摊开双手。

唐宋断然地说："重新设计！"杰克没有办法，只好重新设计。不久便设计好了。

唐宋亲自驾着一辆小车，来到收款机跟前，从口袋里掏出一把游戏币，"哗"的一下，全掷进了收款机。收款机当即发出了声音："先生，请您别投游戏币！"

杰克呵呵笑了，然后对唐宋说："唐局长，怎么样？这下子满意了吧。"

唐宋却冷冷地说："你别高兴得太早了，看我的。"唐宋说着，再次发动车子直奔收款机，从口袋里掏出一把铁币，"哗"地一下，全掷进了收款机，收款机就发出声音："先生，请您通行！"栏杆自动移开。唐宋开着车子扬长而去。

杰克盯着唐宋的车屁股，瞠目结舌。唐宋回到杰克跟前，说："不行！不行！"杰克不高兴了："唐局长，你怎么能这样呢？你不应该这样啊！"

唐宋说："看来你还没懂。"

杰克只得重新设计，一个月后，最新款式的公路收款机诞生了。

杰克对唐宋说："唐局长，无论投游戏币还是铁币铜币，统统不会验收通行。"

唐宋笑而不语，亲自驾了一辆小车直奔收款机。唐宋没有掏硬币，也没有掏铁币铜币，而是从公文包里掏出一份文件，对着收款机念道："龙城市管理局文件：所有公务用车全部免费通行！"

真是奇了，唐宋的话音刚落，收款机就发出声音："领导，请您通行！领导，请您走好！领导，再见！"栏杆自动移开。唐宋开着车子直冲而去。

杰克惊叹不已，不久辞职回国了。临行前，杰克特意来见唐宋，说："唐局长，我回去后再好好学10年。"

唐宋笑笑说："欢迎再来！"

记得那时

〇戴　希

　　辛笛是星河小学三年级的学生。

　　一天放学，辛笛背着书包蹦蹦跳跳地回家，忽然眼睛一亮——他发现了路上躺着的 7 元钱。

　　"是谁不慎掉下的呢？"辛笛的胸口突突突地跳得厉害。要知道，那可是 5 分钱就能买到 1 个鸡蛋的年代！

　　他机警地环顾四周，无人，赶紧弯腰去捡。揣进口袋乐陶陶地回到家中，好几次话已溜到嘴边，却被辛笛狠狠地吞回肚里，硬是没让爹妈知道自己捡钱的事儿。

　　7 元钱可不是小钱啊！晚上，辛笛翻来覆去地睡不着——他太兴奋了。

　　"拾金不昧！""学习雷锋好榜样！"不知怎的，辛笛的脑海中突然冒出这样的念头："捡到钱不交是可耻的！至少说明自己的思想觉悟低呗！所以，明天一上学，就得把钱交给班主任曾老师。"

　　"可是，7 元钱全交吗？"辛笛又的确舍不得。"怎么办呢？"辛笛转眼一想，决定只向曾老师上交 3 元，余下 4 元则自己留着。"这样，既赚了大头，还可得到老师和学校的表扬，何乐而不为呢？"

　　于是，第二天一上学，辛笛就悄悄找到班主任曾老师，把在路上捡到的 3 元钱大大方方地交给他。

　　果不其然，上课的铃声刚刚响过，曾老师就笑容可掬地迈进教室，竖起大拇指赞不绝口地表扬了他。同学们也向他投来极度赞许的目光。

不仅如此，课间操时，校长还当着全校师生的面，浓墨重彩地推介辛笛，号召全校师生向辛笛学习。

学校的宣传栏里也贴出了文章《学习辛笛，做雷锋式的好学生》，文章的四周，还贴满了同学们热情洋溢的心得和誓言！

如此一渲染，辛笛就忐忑不安了。捏捏自己口袋里私藏的4元钱，他的脸又烫又红。"哪里是雷锋式的好学生？哪里值得全校师生们学习呀！"他感到羞愧。

可再把4元钱交给曾老师吗？老师、同学还有孔校长又会怎样看我？——哦，原来辛笛也是自私自利的孩子！

那么，就说自己又捡到了4元钱？——鬼才信呢！就你辛笛能捡钱？同学们都捡不到？思虑再三，辛笛决定，索性不上交那4元钱。

但接下来辛笛又寝食难安了。自己不配老师、校长和同学们的赞扬事小，更可怕的是，这样私心作祟做坏事，怕要遭报应的！善有善报，恶有恶报。爹妈经常这样念叨呀。

怎么办呢？经过一番苦思冥想，办法终于有了。

第二天，赶在同学们之前，辛笛悄悄把4元钱"掉"在了放学回家的路上。辛笛觉得这一招既无私又高明，不仅4元钱"交"出去了，还让别的同学捡到钱交给老师后，得到老师和学校的表扬，自己该是做了件"好事"吧！

可是一天过去了，学校里没有同学得到表扬；两天过去了，依然没有；一周过去，也没有……

辛笛开始后悔了，他好几次跑到自己"掉"钱的地方，很仔细地想找回那"丢失"的4元钱，但是没有找到。也许，这钱是被哪个同学捡到后私藏了；又或者，是被一阵风刮走了吧。

想到这里，辛笛狠狠地拍了拍自己的前额："唉！"

兜风

○雷高飞

他发来一条短信:"我想带你去兜兜风。"

她看了,有点沉醉,也有点久违的感动。九年了,她才从那段压抑不堪的婚姻中挣脱出来。她决心为自己活一次。

收到他的邀请时,还是有点犹豫。他有家室,虽然妻子不在身边。

一阵风吹来,她扭过头去,一眼就看到了他。高大帅气的摩托车衬托出他英俊阳刚的轮廓,一顶黑色的帽子压得很低,几乎遮住了他的眼。她跨上摩托车,轻轻依偎在他的身后,有一种力量将蜷缩在灵魂深处的东西活生生地拽了出来,仿佛时光流转,回到了十二年前。"啊……"她突然张开双臂,迎着拂面的清风叫喊着。阔大的马路静静地延展在城郊,人烟荒凉,路边的芦苇花正开得排山倒海,簇拥着她和他。

"抱紧我,别调皮。"他用命令式的口吻。她很温顺地伏在他的身后,双手拥着他。

摩托车拐入了一条小路,来到山脚下。把摩托车停在山下,他们沿着小路往山上爬。野径无人,整个世界仿佛只剩下她和他……月亮升起来了,她赶紧从地上拿起帽子给他戴上。

"嗯?为什么?"他纳闷地盯着她。

她无法告诉他,他也许会觉得荒唐可笑,要不是今天他那顶黑色的帽子,她可能还不会坐上他的摩托车,更不会和他到山野来。

多年来，每一个寂寞的夜里，每一个难挨的时刻，她的脑海里都会浮现一个画面：他戴着一顶黑色的帽子，微笑地看着她。只是那时候，他没有像现在这样，将帽檐压得很低，让他们之间隐约隔绝了点什么。

夜拉上了帷幕，灯火点亮了他们共同生活却从不相遇的小城。她说冷，双臂紧抱着比十二年前瘦削了许多的他的身子。他脱了夹克，给她披上。他们手拉手往山下走时，他把帽子摘下来戴到她的头上，说这样暖些。

很快，小城的灯火、人潮开始迫近他们。停车，她把夹克脱下来递给他。

他说："把帽子给我。"

她说："不！"

"快，别闹！"他语气有点生硬了。

她撅着嘴，不情愿地将帽子摘下来给他。他将帽檐压得更低了，并扣上了帽子下面的扣子。

"为什么啊？"她有点诧异。

"怕被熟人发现。"他说。

过了一会儿，他用颇有成就感的口吻道："我今天出来，特意戴了帽子，就是怕被人发现。"

惊愕僵在了她的脸上，她木然地跨上摩托车，没有从后面搂抱他。原来，这个傍晚，他头上的帽子，与她浪漫的怀念无关。

他将摩托车停在一个僻静处，让她打车回去，说不方便送了。

还没等来出租车，他就发动了引擎，风一样迅速离开了她。黑暗很快吞噬了他的背影。

秋夜的凉风裹着她，她没有了方向。

我不认识你

○刘国芳

男孩女孩不在一起，但照样可以将爱情进行下去。在手机里，他们一样可以谈情说爱。多半是女孩打男孩的手机，接通后，女孩说："爱你！"

男孩说："我也爱你。"

女孩又说："想你。"

男孩说："我也想你！"

女孩再说："我是每时每刻都想你。"

男孩说："我也一样。"

女孩接着说："我真的爱你，我可以为你付出一切。"

男孩说："我也可以付出一切。"

每次，他们都这样开头，一开头就停不下来。半个小时是常事，有时候一个电话要打一个小时甚至更长时间。他们通常是在傍晚下班的时候打电话，男孩边走边打电话，满脸的笑容。男孩喜不自禁的样子，就很惹人注意。一个女人并排走在男孩旁边，女人看了男孩一眼，甚至还对男孩做了一个鬼脸。男孩看到女人对他做鬼脸，男孩笑了笑。

接下来有人打女人的手机，女人看了一眼号码，立即把手机放在耳边说："你不要说了，烦不烦哪？"

跟男孩打电话的女孩在电话那边听到了女人的声音，女孩立即跟男孩说："这个人是谁？"

男孩说："我不认识。"

女孩说："你骗我！她在你边上叫你不要说了，还说烦不烦。"

男孩说："我真不认识她。"

女孩说："你还不承认！你以为我是三岁小孩呀？"

男孩说："我第一次发现你很不讲理哩。"

女孩说："怎么是我不讲理？你告诉我，那女人是谁？"

男孩说："你真的不讲道理，我不跟你说了。"

说着，男孩把电话挂断了。

但断不了。过一会儿，女孩又把电话打过来，女孩说："那女人是谁？"

男孩说："哪有什么女人？"

女孩说："我明明听到了。"

男孩说："是一个女人在边上打电话，她说她的话，我说我的话。"

女孩说："不对，那女人分明是在说你，让你不要跟我打电话。她有什么资格管你，她是你什么人？"

男孩说："你这不是胡搅蛮缠嘛，不跟你说了。"

说着，男孩又挂断了。

但断了，女孩仍会打过来。又过了一会儿，女孩又打了男孩的电话，女孩说："你外面有女人？"

男孩说："没有。"

女孩说："有。"

男孩说："跟你说了没有。"

女孩说："就有。"

男孩说："不跟你说了。"

男孩再一次挂了。

但女孩还是会打过来。这天，女孩再一次打了男孩的电话，女孩说：

"告诉我，你们好了多久了？"

男孩说："你还有完没完？"

女孩说："你是男子汉的话，就要敢做敢当。"

男孩说："你简直不可理喻。"

女孩说："你现在外面有人，就嫌我了。"

男孩说："我外面有人，我嫌你，好了吧？"

这样每天吵来吵去，结果可想而知，有一天，他们分手了。

后来的一天，男孩碰到了那个导致他和女孩分手的女人。女人跟男孩做过鬼脸，男孩还记得她。男孩于是走到女人跟前，男孩说："那天你是有意的？"

女人完全不认识男孩子，女人迷惑地看着男孩，然后说："你在跟我说话吗？可是我不认识你呀！"

手机是怎么变成手雷的

○金晓磊

咬咬牙，我还是从裤兜里挖出了手机。

如果不是考虑到为了评职称，涨工资，我早××的顾自己下楼上厕所去了。还什么手机不手机呢！这世道，活人难道还被尿活活憋死不成？

可是……唉！说来也惭愧。我，一个堂堂的师范大学中文系的高才生——长篇小说都已经好几部了，可写起论文来，居然写不过我那些半路出家的同事们。每次，学校里选送教学论文到市里参加评比，我的论文，不是三等奖，就是二等奖，还从来没获过一等奖。本来，这也没什么大不了的，重在参与嘛！

但在事业单位打工的朋友都知道，单位里，有个评职称的问题。这职称，不仅仅是你身份、地位的象征，也是决定你工资高低的关键因素！而我们这样的单位，上头规定评最基本的职称，一定需要有论文获市一等奖这样的必备条件。如果真没有这个，可以用两个个人的区级先进来代替。

越说越惭愧啊——到现在为止，参加工作快十年了，我连个个人先进都没捞到，更别说中学一级教师这职称了。所以，工资卡里每月的数目，居然比我后分配进来的老师还要瘦啊！有时候真想买块豆腐去撞死算了，但仔细一想，这不是越加给母校抹黑嘛。再加上，还是有一些富有同情心的报纸杂志，偶尔给我发几十块几百块的稿费，否则，我的脸，真不知道丢到什么地方了。于是这样，我就好死不如赖活着。

好在，如今事情出现了一些转机——我已经光荣地被推选为校级先进的候选人了（看在你是我朋友的分上，实话实说，这得感谢那餐饭。能说的就这些了。一般人，我还不告诉他呢）。所以，在这节骨眼上，我更要好好表现自己，然后，才有机会被推选到区里。

可是，昨天刚开了紧急会议。

会上，教务主任说了，以前每次监考，总有老师领试卷迟到，或者在监考过程中看报纸杂志，用手机发短消息的，甚至中途溜到办公室里倒开水。希望这次考试中，不要再出现这样的情况。

校长最后总结说，为一次考试，开这样的会议，在我们学校的历史上，可以说是史无前例的。我之所以敢这样讲，是查阅过学校的会议记录的。这样说，只有一个目的：必须严格遵守监考纪律。我们这样做，是对学生和任课老师负责，也是对家长负责，更是对社会主义的教育负责，对党和人民负责。每个监考的教师，一定要把这工作摆到这样的政治高度来。少一些"世界上最无聊的事情，就是监考"这样的牢骚话！毛主席早就教导我们了，"牢骚太盛防肠断，风物长宜放眼量"啊！

话都已经说到这分上了，这量，你就自己掂掂吧。所以，换了你，碰到我现在这样的情况——一边内急，一边还等着好好表现拿个先进的时候，我想，你首先想到的也应该是这样一个字：忍！忍一下，等着教务处的人员过来替一下岗。

可是，忍啊忍，等啊等，教务处的人，连根头发的影子都见不到。我想，我的意志可以等，但我的肚子早就"翻江倒海卷巨澜"，等不及了。

于是，我就掏出了手机，准备给同事发紧急求救的 SOS 了。

突然，我感觉照在我身上的阳光被挡了一下，我连忙抬起头。

妈啊！是……是校长来巡视了！

他从窗口走过的时候，回头又望了望我。

我的眼神，顿时暗淡了！

怎么会这样？按照以前的惯例，校长来巡视考场的几率，就像中 500 万一样的啊！今天，居然让我"中大奖"了！

该怎么办好？我分明感觉自己在出汗。用一个很蹩脚的比喻，那就是：急得像热锅上的蚂蚁一样。我在教室里来回走着。好在学生都顾自在答题，没人看见我的样子。

我走出教室，站在走廊上，看到校长的背影正消失在走廊的转弯处。

我想追过去，解释一下，要不，时间一长，事情就更难解释了——校长会想，一定是我有足够多的时间给自己找了这么一个合情合理的借口而已：要上厕所给同事发消息的。

可救急的同事还没到——谁让我在五楼的教室监考呢。如果这个时候，去找校长解释，那么，问题的性质就更严重了，成了"擅自离岗"！

同事终于来了。我一见他，就朝着校长离去的方向跑去，想叫住他，可哪里还有校长的影子啊！

心一急，我伸出手臂，狠狠地敲在了走廊的空心护栏上。

意外就这样发生了——

手机，从我的手掌里滑落下去了！

我伸出头，看到我的手机，像跳水运动员一样，在空中做着优美的翻转动作。我还来不及惊呼，那一声响亮的爆炸声，在寂静的学校里像烟花一样绚烂开来。

我知道，我又多了一项严重的过错：

扰乱考场纪律！

花蕊夫人

○陈鲁民

"卧榻之侧，岂容他人酣睡？"兵不血刃，刚收拾完了李煜的南唐，踌躇满志的赵匡胤又把眼光瞄向了千里之外的后蜀。

后蜀皇帝孟昶虽不会打仗，治国无能，但却是个很会享受的主子，房是雕梁画栋，床是七宝金床，吃饭是象牙筷子，连尿盆都是用珍珠镶的。后宫里美女无数，花园里百花争艳，他天天灯红酒绿，过着纸醉金迷的日子。老天似乎也特别厚待他，风调雨顺，丰多歉少，四十年没打仗了，刀枪入库，马放南山，他的小日子安逸得很。

花蕊夫人，孟昶最宠爱的妃子，自小饱读诗书，能诗会画，且深明大义，是个很有头脑的女子。进宫后，被封为费贵妃，虽然穿金戴银、吃香喝辣的，她却很不满意，也看不上孟昶的醉生梦死，多次劝诫孟昶说，赵匡胤虎视眈眈，野心勃勃，早晚会挥兵南侵，要抓紧整军备战，励精图治，以备突然之变。可说也是白说，昏聩颟顸的孟昶根本不听。她很郁闷，于是平时只好写点诗词来解闷遣愁。

才女不美，美女少才，历来是很遗憾的事，李清照、谢道韫就有才而不美，薛涛、鱼玄机却美而少才。相比较而言，老天格外关照花蕊夫人，让她既貌美如花，倾城倾国，又才高八斗，压倒元白。哲人说，这个世界上，有一种人生来就是让人嫉妒的，那就是说的花蕊夫人。

局势发展还真让花蕊夫人说着了，赵匡胤的虎狼之师浩浩荡荡，势如破竹，只用60天就打到成都，孟昶的军队兵败如山倒，几乎没有做什么像样的抵抗就缴械投降了。这对四川的百姓来说，倒是个福音，没有遭受多少战火之乱，轻轻松松就改朝换代了。"城头变幻大王旗"，反正谁来当皇帝都是一样纳税缴粮。

收拾战利品是最痛快的事，既包括堆积如山的珠宝金银，也包括成群结队的美女娇娃，赵匡胤这回算是发了大财。容貌出众的花蕊夫人，自然也成了战利品被带到宋国都城东京，成了赵匡胤的一个嫔妃。

平心而论，马上皇帝赵匡胤虽没读过多少书，但对读书人却十分敬重，也包括那些有文化的后妃。对花蕊夫人他就高看一眼，不时征召她侍寝，还和她扯扯闲话，问问四川风土人情，听听她的诗词。一次，赵匡胤酒后又来到花蕊夫人房间，东拉西扯一通后，不知怎么谈到了孟昶的不战而降，言语之中就很有些轻看川人的意思——四川天府之国，人多物丰，山高关险，还有十几万大军，怎么就那么不经打？简直是一堆废物。

国亡了，老公死了，自己背井离乡，被逼委身仇人，受尽蹂躏；父老兄弟还被人瞧不起，任意糟践。花蕊夫人又羞又恨又气，心里翻江倒海，百感交集，但还得强作笑颜，努力敷衍着赵匡胤。

"爱妃近日有没有什么新作？念来让寡人听听。"一向喜欢附庸风雅的赵匡胤并没察觉什么，还嬉皮笑脸地缠着花蕊夫人。

花蕊夫人眼光看向远方，满脸凝重，一字一句地轻轻吟："君王城上竖降旗，妾在深宫哪得知？十四万人齐解甲，宁无一个是男儿！"梨花带雨，声音呜咽如泣如诉；心如刀割，泪珠沿着脸庞缓缓流淌。

于是，赵匡胤的脸慢慢红了。

戴眼镜的老人

○陈 伟

六十五岁的黄老太在孩子黄小宝的第九十九次劝说下终于背着大包小袋进了城。黄老太早年丧夫，一个妇道人家一把屎一把尿地拉扯着独生子黄小宝，生活的艰辛可想而知，好在孩子争气，一路凯歌地读完高中读大学，后来在城里还不错的某单位工作。黄小宝要接母亲进城享福，但黄老太住惯了瓦房，听惯了猪呀鸭呀马呀的叫声及乡亲们爽爽朗朗的笑声，说什么也不愿意进城。后来，见黄小宝发火了，才依依不舍地锁了门，在其他老人艳羡的目光中消失在通往城里的小道上。

城里人流如织，高楼鳞次栉比。孩子的家住在六楼，有一百多平方米，赶上一个篮球场了！但房子四周都是高耸入云的房子，走到阳台向上望，只看见巴掌大的天空，人犹如井底之蛙；还有，四周的人都没有笑脸，到处都是冷漠的人匆匆而来匆匆而去，谁也没有张口说一句话，也没有人点一个头！阳台鸟笼里的小鸟都还有对面小鸟的呼应呢！跟许多进城老人一样，黄老太患上"进城综合征"：语无伦次，自言自语，神情恍惚，冷不丁地拉住门把手激动得莫名其妙地论长道短……只有吃晚饭那短短的三十分钟症状才稍微有点缓解。

这样下去迟早会出事。经不起母亲的坚持，黄小宝不得已把母亲送回老家。

然而，才一年，黄老太已经认不出自己的家乡了：不再有在草地上悠然自得啃着青草的牛羊，也不再有鸡飞狗叫的农村小院，连田地、池塘都消失了，取而代之的是一幢幢又高又大的房子！

自己的家乡就这样被城市吞没了吗？黄老太忧心忡忡。

终于回到了自己的家，黄老太不由目瞪口呆：哪还有自家吊脚楼的影子，连与吊脚楼相邻的两亩薄地也不见了，取而代之的是一幢有几十层的大楼房。

黄老太发了狂，扯着黄小宝的耳朵怒气冲冲不停地质问：我的吊脚楼呢？我的地呢？疼得黄小宝哇哇大叫：妈，别……别扯了，这就是您的房子。等下我带您去看您的地。

原来，从农村到城里工作的人现在都兴回农村起房子，起得一幢比一幢高，一幢比一幢大，一幢比一幢华丽，有的还起了五六幢。当然里面只住着空气。黄小宝也瞒着母亲起了一幢。而在农村的人不甘落后也都贷款起了大楼！

"妈，这就是你的地。"原来是把地搬到楼顶上了！满眼望去，各家各户的楼顶都长着庄稼；连池塘也搬到楼顶了。牛羊也只能在楼顶上啃草了！

黄老太想找自己的姐妹唠嗑，找了半天也不见一个，好不容易打听到一个，她正给在楼顶上插秧的孩子送饭呢！

黄老太像小孩一样呜呜哭起来。

不得已，黄老太又跟黄小宝回了城。进家之前，黄小宝带她去医院检查了一下红肿的眼睛，还给她配了一副特别的眼镜——老花嘛。

之后，黄老太惊奇地发现，人人在向她微笑问好；儿子儿媳好像工作不那么忙了，时时对她嘘寒问暖；孙子课程也不紧了，常常缠着她讲故事。更不可思议的是她的姐妹们也进了城与她聊天与她扭秧歌与她一起嗑瓜子。她们还排练一个叫《老来乐》的舞蹈参加全省的秧歌比赛，还获了一等奖呢！

日子在这样充实中在这样阳光中度过。

黄老太百年了。黄小宝依她意愿走了后门把她埋在楼顶上的责任地里。只是，黄老太至死也不知道她晚年的快乐是戴上能使人产生心想事成幻觉的眼镜的结果。不信，你转头看看，你周围到处都是戴这样眼镜的老人呢！

生物特征

○崔　立

天气越来越凉了。

猛的衣服一穿少，张传奇忍不住接连打上一阵喷嚏。喷嚏一打，张传奇开始琢磨着得加衣服了。可转念张传奇就想到了自己来上班时看到的公路边席地而睡的那些乞讨者。他们就那么席地而睡，更别提要加衣服了。可张传奇看他们，每次都好好的，根本看不出因为冷而感冒、而住院。

张传奇的脑海里顿时就跳出了一个问题，人，是不会冻死的？

可为什么自己少穿件衣服，就要打喷嚏流鼻涕呢？张传奇琢磨着。

张传奇是个好奇更好问的人。

张传奇翻阅了许多的资料。最后有些明白了，人是循序渐进的动物，譬如说，今天穿衣服五件，明天穿四件，应该问题是不会太大的。慢慢地、一件一件地少穿衣服，就不会觉得有多么冷了。张传奇忽然就想着试试。

于是，在接下去的某一天，张传奇特地少穿了一件衣服去上班。虽然凌厉的寒风呼啸着，直吹得张传奇有些发抖。但张传奇还是挺了过来。张传奇极力控制着要打出来的喷嚏，张传奇告诉自己，坚持，再坚持。想想公路边睡着的那些乞丐，他们不是都挺过来了嘛。

半个月后，已经渐渐适应了少穿一件衣服的张传奇，选择了再少穿一件衣服去上班。这大冬天可真不是一般的冷，走在路上的张传奇禁不住瑟瑟发抖。坐在办公桌前的张传奇，还是一个劲地打战。可这张传奇还不是一般的坚持，他强自忍着，再忍着。等第二天再去上班时，张传奇的感觉就好多了，没有像前一天那样感到那么冷了。

这样又是持续了半个月，张传奇已经彻底适应下来了。于是，张传奇又决定，再给自己减少一件衣服。在给自己脱衣服时，张传奇发现一个奇怪的现象。自己的身上，以前长的都是些稀稀拉拉、几乎都看不见的汗毛，而现在，居然开始长出一些比较浓密的毛发来。张传奇不免有了些奇怪。不过，张传奇很快就释然了。张传奇想到了动物园里看到的那些动物，它们不是都有一身浓密的毛发，所以它们不用穿什么衣服也足够保暖啊。

再少穿了一件衣服。张传奇发现自己居然没以前那么觉得冷了。张传奇很自如地穿着很少的衣服，穿梭于公司与家之间。

随着时间推移，张传奇穿的衣服是越来越少了。外面刺骨的寒风呼呼刮着，张传奇却依然神情自若地穿着一件 T 恤衫穿行在马路上，丝毫看不出有任何颤抖的样子。许多人都用惊奇的眼神看着张传奇。张传奇一直微笑着，忘了去躲避身边飞驰而过的一辆摩托车。

摩托车开过张传奇的身边，车把就像是一把利刃轻轻刮开了张传奇的 T 恤衫。张传奇的上身顿时就全裸露了出来。

然后，张传奇就看到来来去去的行人，几乎都用看怪物一样的眼神看着自己。

一辆警车轻轻地停在了张传奇的身边。容不得张传奇说半句话，整个人就被严严实实地塞进了车内。张传奇想和他们解释，可很奇怪，张传奇嘴张了半天，却说不出一句话来，嘴里只发出叽叽吱吱的声音，连他自己都不知道在说些什么。

警车呼啸着停在了一家科研单位的门口，张传奇被几个虎背熊腰的男人给架下了车，被径直带进了一个房间内，并且被摁倒在一张床上。

　　一位看上去德高望重的老人走进房间，很认真地凝视了一眼张传奇，又用剪刀，轻轻剪下了张传奇上身的几根毛发。

　　老人拿着毛走出了房间。

　　一会儿，老人回到房间时，脸上满是兴奋的表情。老人拿出了一张类人猿的图片，对照着张传奇看了一眼，很郑重地点着头，说，这个生物的体貌特征，极其符合我们人类的祖先。

包子爱上馒头

○大　厨

　　包子和馒头是一对青梅竹马、相恋已久的恋人。在他们还都是面团的时候就已经相爱了。他们爱得如此之深，以至于包子决定去馒头家提亲。馒头的爸爸大馒头很不友好地接见了包子。

　　第一次见面，包子打扮成清淡素雅的菜包。

　　包子恭恭敬敬地说：伯父，您好，我是包子。

　　大馒头冷冷地说：把衣服脱了。

　　包子乖乖地把皮衣脱了。

　　大馒头一看，大骂包子：你这个草包！就你还想娶我家馒头，你给我滚！

　　说着把包子赶走了。

　　包子不死心，吸取了教训，打扮成香喷喷的肉包，又来到了馒头的家。

　　包子恭恭敬敬地说：伯父，您好，我是上次来的包子。

　　大馒头冷冷地说：把衣服脱了。

　　包子又乖乖地把皮衣脱了。

　　大馒头一看，大骂包子：你这个猪头！就你还想娶我家馒头，你给我滚！

　　说着又把包子赶走了。

包子气坏了，总结了经验，打扮成甜丝丝的豆沙包，又来到了馒头的家。

包子恭恭敬敬地说：伯父，不用您说了，我自己脱。

说着乖乖地把皮衣脱了。

大馒头一看，大骂包子：你这个花花肠子！就你还想娶我家馒头，你给我滚！

说着又要赶包子出门。

包子见势不妙，倒头便跪，抱着大馒头就哭：求求您了，岳父大人，你到底要我怎么样嘛？

大馒头心肠一软，语重心长地对包子说：孩子啊，我知道你的心意。可是我就这么一个女儿，我一定要给她幸福。

包子拍着胸脯对大馒头保证说：您放心吧，我一定会对馒头好的。

大馒头说：不是我说你，你既非达官贵人，也非名门之后，无权无势，穷包子一个，你拿什么带给我家馒头幸福？

包子说：我是真的很喜欢馒头。

大馒头说：我家馒头有很多人喜欢，很多人追求的，而且条件都比你好。你看人家油条，个子就比你高。

包子说：油条不行，太瘦，而且皮肤太黄。

大馒头说：那还有肉夹馍呢，比你有钱，比你金贵。

包子说：肉夹馍也不行，油嘴滑舌的，靠不住。

大馒头说：那还有豆腐脑呢，比你温柔，比你体贴。

包子说：豆腐脑更不行，太软弱。男子汉大豆腐就是说它的。

大馒头说：那还有茶叶蛋呢，成熟稳重，火候又深，比你有味道多了。

包子说：可不能找茶叶蛋，当心禽流感哪。

大馒头说：最后这个我最喜欢了，是我们家亲戚，花卷。

包子说：国家规定近亲是不能结婚的。

大馒头说：要你管？人家花卷白白胖胖的，头发还是烫过的，比你这个土包子强多了。

包子说：我是真的很喜欢馒头。但是如果你真的要把馒头嫁给花卷的话，我会送上我的祝福。

转眼间到了花卷和馒头大喜的日子。包子默默地守在一边，看着眼前这一对风光幸福的新人，暗自伤心，偷偷垂泪。

正在这时，突然一个顾客走进了礼堂，上下打量着面前的这些馒头、花卷、油条什么的，还不时地舔舔自己的舌头。

众人顿时大惊失色，手足无措。顾客挑选了一阵，眼光突然停到了馒头的身上。馒头今天结婚，打扮得光彩照人，美艳不可方物，很能勾起人的食欲。说时迟，那时快，电光火石间，包子腾身而起，挺身而出，"呸"的一口菜叶吐到了馒头身上，在此千钧一发之际，终于让顾客的手停住了，馒头得救了。

包子和花卷被顾客买走了，他们都知道等待他们的，是什么样的结局。

在饭盒里，花卷真诚地对包子说：对不起，我们的婚事连累你了。

包子冷冷地说：那人是我叫来的，我就是死也不能让你们在一起！

逃　兵

○江　岸

1949 年 4 月的某天，家宽跟随部队来到长江边上，平生第一次见到了一望无际的大水。

家宽是山里娃，从未见过如此波澜壮阔的水域。江面上惊涛拍岸，浊浪排空，一派雄浑。放眼望去，对岸的房子就像雨后树林里的蘑菇，人影就像一只只蚂蚁。别说乘木船劈波斩浪、冲锋陷阵了，仅仅看一眼浑浊的江水，他已经头晕目眩。

正是春光明媚的好时节，花开蜂鸣，草长莺飞。家宽的心情没有被光辉灿烂的阳光照彻，却被蒙蒙的细雨淋得潮湿发霉。

大别山已经解放，黄泥湾的地主被打倒。家宽分到了土地，分到了房子，分到了一头大黄牛。更让人高兴的是，他把地主家的丫环小翠娶进了门。自从他穿上军装，随部队一起开拔，水田、瓦房、黄牛和小翠的脸，就走马灯似的在他眼前晃。二亩地，一头牛，老婆孩子热炕头。除了没有孩子，他王家宽还缺什么呢？

总攻的日子越来越近，长江北岸乱得像一锅粥。家宽不敢再等，借着夜雨的掩护，他悄没声息地离开了部队。本来，他想喊家良一起走——是他动员堂弟家良参军，而且，他还是家良的班长呢。但是，一个人走，目标小；两个人一起走，反倒可能被发现。算了，让菩萨保佑家良逢凶化吉吧。

家宽平安地回到了家乡，以后的岁月平淡而冗长。在他的一生中，他陆续让小翠怀孕十四次，小产两次，死胎三个，生下九个，养大成人六个。这就是他一辈子的"丰功伟绩"。

　　堂弟家良穿过枪林弹雨，和部队一直打到福建，留在福州工作。他在当地娶妻生子，安居乐业。后来，家良回来探亲，发现家宽还活着，抱着家宽哭了，还说了两句感恩戴德的话。乡亲们听了家良的话，都感叹欷歔，认为他有情有义，贵人善举，大人大量。但这两句普通平常的话，却让家宽心惊肉跳，面红耳赤。

　　家良泪花闪烁地说，要不是俺哥死活动员我参军，我还在老家种地呢。我现在的好日子都是俺哥给的啊。

　　家良擦把泪又说，俺哥不见了，部队让俺顶替俺哥当班长，过江不久就是排长，后来转业到地方工作。我这个职位，应该是俺哥让的啊。

　　家良的父母都健在。家良拉家宽到家里喝酒，送给家宽很多东西，还从腕上将下一块明晃晃的手表，亲手戴在家宽瘦骨嶙峋的手腕上。

　　家良临走的时候，舍不得家宽，紧紧拉着家宽的手，叹了口气说，如果你不掉队，咱哥儿俩都在福州工作，该多好啊。

　　家良的这句话久久萦绕在家宽耳边。家良离开的那天晚上，"掉队"这个词在家宽的耳朵里整整响了一夜。

　　后来几十年，家宽的手腕上一直晃荡着那块手表，他总在有人在场的时候频繁地撩起衣袖看时间。家宽的手表——摆设，这句话后来成了黄泥湾的歇后语，和聋子的耳朵是同样的意思。家宽看了半辈子表，却从未说准过时间。他不认识表。

　　1992年夏天，家宽的孙女小红高考落榜，准备外出打工，家宽不放心。他跑到镇上，打通了家良的电话。家良豪爽地说，让咱孙女来吧。

　　小红就在堂爷爷家良家住了下来。他家就三个人，他、老伴、孙女建华。建华的爸妈都在部队工作，她一直随爷爷奶奶生活。在堂爷爷帮助小红寻找工作的日子里，小红闲不住，帮助堂奶奶做做家务，帮助读初中的建华补习功课。穷人的孩子早当家。小红手脚麻利，什么都会干，人又勤快，一家子人都很喜欢她。

就这样，小红貌似家庭成员，实际成了堂爷爷家的保姆。

小红的文化程度低，工作不好找。堂爷爷出资给小红联系了一所夜大，让小红跟班学习，等到秋天招生的时候，再补入学考试，毕业之后再找工作。这样就是以后嫁人，也有了更多的筹码。

小红谢谢堂爷爷为她操心，堂爷爷笑着说，我欠你爷爷的情呢，报答在你身上吧。

小红当然也知道爷爷当年掉队的故事，暗暗叹了一口气。如果爷爷没有掉队，她也应该过建华那样小公主似的日子吧？

牙齿也有咬舌头的时候，日子长了，就免不了有隔阂。

建华年龄虽小，可发育得好，和小红一样高。她妈妈寄来两套裙子，建华打开包裹，立即送给小红一套。新裙子穿在身上，那么合体，那么漂亮，她们手拉着手，咯咯笑着冲进客厅，时装模特一样扭来扭去，逗得堂爷爷合不拢嘴。堂奶奶也笑了，但小红发现，堂奶奶的笑容是僵硬的，好像刀刻的一样。

小红悄悄地把新裙子收好，放进了建华的衣柜，任凭建华怎么劝，她都不要了。

那天晚上，小红离家以后第一次哭了，想一走了之。但她突然想到爷爷。爷爷好好的怎么就掉队了呢？不会是逃兵吧？

小红不能当逃兵，她想拥有和建华一样的未来。她的脑际突然滚过一句流行歌词：他说风雨中这点痛算什么，擦干泪，不要怕，至少我们还有梦……她枕着这激越有力的旋律，睡着了。

办公室里的竞争者

〇 陈　毓

　　"勇者无畏"是电视台的一个摄制组，常年组织一些野外活动，比如攀岩哪、登山哪、去无人之地科学考查啊。当得知有一次去西藏的机会，我报了名。

　　活动为期一月。这就意味着我要辞掉眼下这份竞争异常激烈的工作，没人会同意空着一个位置等我一个月。

　　就这样，当我满身太阳味地回到我的城市时，我失业了。

　　旅行费用加上我的汽车保险、房子按揭，让我银行里的电子卡像春天的雪人一样迅速消瘦下去。我的燃眉之急就是给自己找一份新工作。我日报晚报地买回一大堆，只为寻找一两则适合自己一试的应聘广告。

　　几年前的求职经历重现的时候，我才知道我似乎比当初更少了优越性。那些我还不曾走进的单位似乎只有一个条件：年轻美貌。

　　当我过关斩将地进入一家玉器行广告部的时候，我很庆幸在我这个年纪里，总算找到了一件有理由热爱的事情。

　　公司不大，但氤氲其间的气息还是叫我喜欢。至于说把美玉以广告的方式告之于更广泛的人群，也是叫我喜欢的一份工作。

　　部门经理引领着我走向自己在这个公司的位置，我被介绍给一个个俯在电脑背后的脑袋。那些脑袋从电脑后暂时抬起来，以各异的表情打量我这个新来者，我感到有一双目光恶狠狠地射向我，我惊诧自己什么也没做就得罪了人，这让我格外留意那目光的来处，那是一张异常年轻的脸，如果不是那脸色过于苍白的话，足以让拥有那张脸的人成为美人。

这会儿她却毫无顾忌地盯视着我，见她的目光有些不甘示弱的份儿，我自动移开了自己的目光，我的目光在移开的时候看见了别在她胸前的胸卡：钟无期。那应该是她的名字吧。

接下来的日子我按部就班地来上班。不久我就发现所谓的广告部其实是一种可有可无的摆设，职员安于现状，创意近于平庸。我打算重新做一套新的广告方案，用实力使我在这家广告部立足。当我的手指灵活地在电脑里捕捉闪烁的灵感的时候，我鬼使神差地回了一下头，我看见钟无期小姐正盯着我的背影发呆，见我回过头来看她，她似乎从很深的思考里回过神来，她的目光忽然跟我纠结在一起，然后她笑了，是那种叫一个善良人不好意思去猜想的无法言喻的笑。她用她的笑告诉我：看看我俩谁能笑到最后吧！我不由摸摸自己的脸，想，我哪里能笑得出来呀。就在我转身回望自己眼前的电脑屏幕时，我发现我打在上面的字正在一行行消失。字迹消失的样子让我想起远逝的学生时代，老师用黑板擦一行行擦掉写满一板粉笔字的情景。一个转眼，我打在电脑中的文件就消失了。

对于电子计算机专业的我来说，这种电脑故障是我从未见过的。

我无心细究，匆忙打开自己的信箱，在信箱里书写。这是做学生的时候练就的。都知道在网络中书写自己的秘密最保险。哪怕你电脑的硬盘整个换掉，你的文件依然安全地存在于看不见的网络里。无论何时何地，只要你敲下你的密码，它都会忠实地来到你眼前。

被自己的聪明鼓舞着，灵感如节日的焰火。一份洋溢着智慧和才情的广告创意很快就呈现在我的眼前了。我重新审读一遍，再一次保存，然后一步步退出信箱。只等部门经理明天来，我就把我如此光明灿烂的一个广告方案呈在他的案头。我似乎都看到他看策划的表情了：点头。再点头。激动得手指下意识地敲击着桌面……

第二天一上班，就在电梯间邂逅经理。我告诉他有一个广告策划，等会儿请他审阅，我看见他赞许地看我一眼。

　　我坐在电脑前，我一步步开启我的信箱，顺利地进到要去的地方，可我紧接着就惊出了一身冷汗——我没有找到我要找的那份文件。我是说，我的策划丢了。我的信箱空旷得像一片没有云彩的天空。

　　我立即想到了身后的那双眼睛，气愤代替了我多日来的隐忍和那其中莫名的惧怕。我猛然回头，冲我身后大喊了一声：钟无期！

　　我看见我的同事们在我的大喊声中惊恐地抬头，我看见他们眼中一片掩饰不住的慌张和惊惧。我又大喊了一声：钟无期！我这会儿看见我的同事像看见了鬼似的看着我。半天，他们中的一个冲我嘟哝：青天白日的，你就别搬出个死了两年的人来败人的兴。

　　这会儿却是我转不过弯来了，我像个傻子似的用目光在往日钟无期的位置上搜索：哪里有电脑、电脑后脸色苍白的钟无期。我只看见一盆肥硕的美国橡皮树，稳稳地蹲在那里。九点钟的阳光正在它的叶面上跳舞呢！

　　我的新同事们都说，钟无期小姐早在两年前就死了。

浪个虚名

○秦德龙

爱好书画的老钱要当副院长了。

北京的一家书画院给老钱来信说，要聘请他当副院长。同时，恳请他赞助 1200 元，用于通联和制作证件。老钱想也没想，就把钱寄过去了。

1200 元算什么？每个月，自己有好几千块钱的退休金呢。老钱沉浸在巨大的欢乐里，昂首挺胸，像打了鸡血一样。当副院长了，"腹有诗书气自华"了。

没几天，北京方面就把聘书寄过来了，还有证书、印章、院徽什么的小物件。看着大红的烫金证书，老钱很兴奋。退休以后，谁给自己发证书呢？北京啊北京！北京是什么地方，是政治、经济、文化、军事中心，是首都啊。

不过，说实在的，老钱的画根本就拿不出手。画幅画，像小孩子尿炕一样。但他认为，这并不影响什么。"副院长"是领导干部，需要画画吗？现在的许多文化人，自称肚里有墨水，可掂起笔来，不也是胡写乱画吗？再说了，自己虽然不在圈里，但毕竟是个书画爱好者吧！

老钱这么想，也是有道理的。年轻时，他曾爱好书画，渴望加入美术家协会。但美协的门槛太高，连门缝都不给开，至今还把他挡在门外。现在好了，美协不要咱，北京要咱，人家还让咱当副院长呢！

有了这种想法，老钱就揣上"副院长"聘书，到美协门前晃悠了。美协和文联在一个楼办公，不管美协的人能否看见，主管机关文联的人肯定能看见。可是，美协和文联的人早就换了好几茬，现在这里没一个人认得老钱，更没谁请他上楼喝茶。老钱有几分失落，就自己掏钱买了瓶绿茶，坐在树荫下自饮。

"爸，您坐这儿干吗呢？"女儿路过，看见了老钱。

"没事儿，随便转转。"老钱没和女儿细说，但还是指了指文联的大楼，指了指美协的窗口。

女儿笑笑，随着老钱回了家。

到家后，女儿问老钱究竟干什么去了。鬼鬼祟祟的样子，那么神秘。

老钱笑笑，拿出"副院长"的聘书，让女儿看。

女儿一看就笑了："爸，您上当了。这是骗局！"

"骗局？人家是怎么知道我的？人家为什么会相中我呢？"

"这种副院长，人家会聘任 2000 个。"

"2000 个？全国县级单位将近 3000 个，平均每个县还不到一个呢。你看看街上的招牌，有多少北京的分店？这就叫全国连锁！"

"爸，人家是哄您高兴呢！只要您掏钱。荣誉就是这么来的！"

"这不是钱不钱的问题，这是请我发挥余热。"

"请您发挥余热？您可能去北京当副院长吗？北京需要您去当副院长吗？说到底，是您的虚荣心在作怪！等着吧，这种好事，会不断地找上您的！"

受到女儿的批评，老钱的心里很不自在。

女儿的话，不幸言中了。过了几天，老钱就陆陆续续接到北京的来信了。这些北京来信，都要给他颁发荣誉，或邀请他出席英模座谈会，或入选名人辞典，或担任某个要职。有一家，还要给老钱制作 1:1 的镀金雕像呢。另有一家，说是从美国空运过来了"国际艺术人才"的奖品……这些光怪陆离的信件，真是令人眼花缭乱。

信件多了，老钱也产生了怀疑。但他不相信这些都是骗局，就耐不住寂寞，打电话到北京咨询。北京那边接电话的人，全都是温文尔雅，语音柔美。老钱没想到，自己一个电话打过去，竟会引来无数恼人的电话，全都是希望他掏钱的。不但有卖奖的，还有卖药的、卖保健品的、卖邮票的……真是"一花引来百花开"了。

老钱终于相信女儿的话了。

再有北京来信，只要一看寄自"××信箱"，老钱就一律不拆了。

为了躲避那些骚扰电话，老钱跑到了街上。他百无聊赖地在街上转着。他心里很懊悔，自己不该给北京寄 1200 元钱，弄个破"副院长"，有什么用？但是，他又不甘心自己被骗，想把 1200 元钱要回来。

可是，怎么要呢？人家肯定不给。

那就想办法挣吧。有了这个想法，他的眼前突然一亮。一家"衣物救治中心"的招牌，吸引了他。老钱走进店铺，见里面挂着一堆衣服。他装模作样地转了一圈儿，简单问了几句，心里有了主意。

过了几天，老钱的店铺开张了。店门口挂了块"文化抢救中心"的牌子，十分惹眼。老钱把那些北京来信挑了挑，选出一些"上档次"的荣誉称号，在店铺里摆了出来。嫌不够，又悄悄往北京寄了几千块钱，订购了几个。

一切都准备好了，老钱又打电话，邀请几个老伙计过来，给他捧捧场。这几个老伙计都粗通文墨，年轻时，都进过业余美术小组；退休后，没事干，也玩上了书画。

老钱指着北京寄来的荣誉，对老伙计们说："这些，都是北京奖励给我的。现在，我已经在本地有了颁奖、授衔的资格。活一辈子了，谁不想有个荣誉？将来去地下参加工作了，也是个资本。就算浪个虚名吧。"

老钱又进一步说："我这也是发挥余热吧。说实在的，余热，不是谁想发挥就发挥得出来的！也不是谁都有余热可以发挥的！"

老伙计们全都捂着嘴笑了。

"看你摩拳擦掌的样子——要发挥余热了，心里很高兴吧?"有个老伙计说着，掏出了一封寄自北京的来信，"我这儿也有个'副院长'，你要不? 要就给你!"

接着，几位老伙计都拿出了同样的北京来信，异口同声地说:"老钱，你要不? 要就都给你!"

面周儿

○杨小凡

这一天。江宁会馆的两根铁旗杆，在西北风的哨音中吱吱哑哑着不停。山门后的一丛青竹上，缩了头的喜雀儿吊着一条黑钉样的瘦腿，单立着，从早到晚一动未动。

门房老头儿抬眼望一眼院内棉絮般灰蒙蒙的天，狠狠地骂一句，又××一个湿年节！都腊月二十六了，正月也不会有好天了。喜雀儿听到骂声后，咮的一声飞起。老头儿向下拉了拉帽子，走出门外，手里发着油光的红枣木梆子笃笃地响了三下。这时，白糖状的雪蛋蛋从只有屋脊高的天上细密密地落下来。

笃笃的梆子声虽然从后半夜被鹅毛大雪淹了下去，会馆对面的生意人还是早早地走出了家门。此时，门房老头儿正弯腰扫着从会馆迤逦而出到灵津渡码头的雪迹。门房外站着四十多岁一男一女凝目看雪的人。

正月十六早上，江宁会馆对面"昌济米行"左侧一间门前围了一层人。迎门的一块木板上，摆着粉白的荷花、寿桃、蛟龙、玉凤、飞燕、憨猪、猛虎、蹦猴……起初赶早市的人们以为是卖娃儿钱的玩具店，细一瞅，原来是一间没名没号的面馆。门内，灶膛火伸出红舌舔着灶门，锅盖上冒着白汽，灶前那男人没事儿似的抽着烟。面案前，俊俏利落的女人，含笑站立。面团儿到她的手上分不出哪是面哪是手，只见一起一摔，一拉一甩，面团就变成了白细如丝的面条；紧接着两只粉手一合一转，一捏一滑，面团儿仍然又是面团儿了；再一转眼，面团儿在她灵巧的细指上一捏一拧，一蹭一点，或花或鸟或禽或兽或山或峰或石或木或人或鬼……无不活灵活现，让人如梦如幻，如痴如醉。

一时间，这一消息像接连不断的爆竹传遍整个药都城，这条平时冷清的紫云街热闹起来。穷人家买回去或哄孩子或摆在桌上作为装饰，富人家买回后往往不把玩一番也是不忍开口的，有的人家干脆说这不是吃的而是敬的，从不开口吃。时间一长，药都人更为其一二三四的妙处而称奇。那就是这些面食儿若要存放的话，夏天一个月秋天两个月春天三个月冬天四个月，不裂，不霉，不变形，不跑色，不走味。后来，人们从江宁会馆的门房老头那儿知道这男的姓周，于是，这家没名没号的面馆和这里的面食儿，就被药都人喊成"面周儿"。

有这般手艺，生意自然不必说了。何况每到街灯点着的时候那姓周的男人还挎着扁嘴篮子、扯着哑嗓子卖一种麻花。这种麻花自然也是药都人过去从未听过和吃过的，通体金黄，又香又酥，进口无渣，存放时间同样是夏天一月秋天两月春天三月冬天四月。但这两口子却很少开口，女的以笑相迎，男的只有在晚上才扯开哑嗓子吆喝："麻——花——子——"

就像人们吃着这美味还总想见识见识这是怎么做出来的一样，药都人总爱一边吃着一边打听这面周儿主人的身世。这一男一女只说是江南人氏，至于是哪州哪府从不吐半字，更不要说生平经历了。人们问江宁会馆的门房老头儿，同样得不到一句想听到的话："我只知道他们是逃荒而来的江南人氏，街上买鸡蛋何必问是谁家的鸡下的呢？"

于是，药都人凝眉提心地猜测了：有人说肯定是紫禁城跑出来的御厨，有人说看他们那做派定是犯了事隐姓出逃的高官，也有人断言看他们那一颦一笑一眼一神绝对是被人毁了嗓子的戏角儿……药都人总是把这事当做闲下来动脑筋的功课。更多的时候则是想从江宁会馆门房老头儿嘴里抠出来只言片语。只可惜，面馆开张后刚满一年，江宁会馆的门房老头儿突然暴死。人们从面周儿两人撕心裂肺的哭泣中知道，他们想知道的东西可能永远是个谜了。

一春一夏一秋一冬的更替，使药都男男女女的心上一天天长出茧来。忽一天，人们发现"面周儿"的一男一女的手脚已没有先前的麻利时，时间快过去了二十年。人们对那面食和麻花儿也没有了往日的热情。就在这时，有关"面周儿"的奇闻再次传开。

说这一天晚上，哑嗓子照旧吆喝着"麻——花——子——"沿街叫卖，迎面走来一跌跌撞撞的醉汉。他掏出钱要买蜡烛，哑嗓告诉他卖的是麻花，不是蜡烛。那醉汉蛮横起来，夺过麻花，划火就点，不料麻花嗞地被点着了，蓝悠悠的火苗跳着往上蹿，风中的黑夜顿时亮了起来。醉汉竟高举着这燃着的麻花，迎风向家中走去。第二天，面周儿的麻花像当年的面食一样，再次名震药都。

不几天，邻近州县的官府富人也接连不断地来药都的紫云街争买麻花。这热闹没过多少日子，药都城又进入了屋檐挂冰的腊月。一个雪过天红的清早，人们吃惊地发现"面周儿"的那个小院没有如往日一样早早地开门。第二天，小院的门还是紧扣着，雪化了依然没有动静。衙门里的人打开院门屋门，见屋内物什一样不少，只好把门锁上。药都人断定这一男一女是回江南过年去了，毕竟二十年没见他们回去了。

春天的红杏伸出院墙时，院门依然紧闭。夏天的青苔爬上了院门前的墨石台阶，仍不见人来。雨过了，风来了，面周儿的小院终于坍塌了，没有了。可"面周儿"仍谜一样地让药都人念想到一百多年后的今天……

大水无情

○邓洪卫

于禁，字文则，山东钜平人，曹操帐下名将。

于禁八岁丧母，父亲于章带他流落江南。曾经在河边玩耍，不慎落水，被一个叫昌的孩子救起。于禁随父亲去昌家谢恩。昌之父昌成见于禁机灵可爱，便将他收为义子，并请于章父子一起在庄中居住。盛情难却，于章父子便住了下来。每天，于章都帮着昌成操持一些庄里的事。而于禁则跟昌一起读书玩耍。昌大于禁两岁，所以于禁尊之为兄。小哥儿俩脾性相投，都爱读兵书，好习武艺，经常在院中以土块排兵布阵，防攻拒守。二人进退有法，配合默契，深受于章和昌成的赏识。

有一次，昌用土块摆下阵来，于禁以麦秸秆为军，冲入阵中左冲右突，不能取胜。于禁渐渐不耐烦了，端过一盆水来，在地上狠命一泼，土块顿时被冲得七零八落。不仅如此，冲起的泥浆溅了昌一身。昌不禁大怒，跳起来，揪住于禁的脖领，抡拳便打。于禁也不示弱，抬手相还。二人扭打在一处。于章和昌成闻讯赶来，将两人拉开。当然，类似这样的事还有很多，都不过是一段小插曲而已。很快，昌和于禁和好如初，亲如兄弟一般。

时间过得急，一晃过去多年。两个童年的小伙伴都到了壮年，都一表人才，且文武双全。在这多年中，于章和昌成相继去世。临终前，两位父亲都将二人叫到床前，说出相似的话语：愿你二人互助友爱，齐心协力，共创一番事业来。二人含泪点头。

这一年，于禁和昌都离开昌家庄，一起来到山东投奔曹操。曹操很赏识他们，安排他们重要的职位。可昌在曹操那里只待了三个月，就带着几个随从不辞而别，投了袁绍。

一别多年，兄弟俩又相见了，不过是在战场上。官渡之战后，昌本来又被曹操的大将张辽招降了。可后来，曹操杀害了昌的一个好朋友，昌很生气，一怒之下，带着手下人又反了。曹操领兵讨伐昌，令于禁为先锋。于禁猛烈攻城，连攻多日不下，损失惨重。曹操大怒，令于禁三天之内攻破城池，捉住昌，否则，拿于禁问罪。于禁接令在手，一筹莫展。

于禁身边有一员偏将，叫何秀。他对于禁说，若强攻，三日之内肯定不能成功，看来只有智取了。于禁问，如何智取？何秀附在于禁的耳边，说出一段话来，说得于禁眉头舒展，喜笑颜开。

这个夜晚，于禁趁着月色，射一书信到城上，将昌约到城下相见。二人相见，感慨万千。于禁说，今日此来，只为与兄长永诀。昌问，何出此言？于禁说，丞相已经最后通牒，如三日内不攻破城池将你执送到他的身边，便要我的项上人头。昌默然。于禁说，想我们少年之时，食则同桌，寝则同席，何等快活，现在却成了沙场之敌，刀兵相见，真让我感伤呀。昌说，不如你离开曹公，我也弃去城池，同回昌家庄，一起读书、狩猎，安享田园，不亦乐乎！于禁说，兄长言之有理。可我跟随丞相近十年，深蒙垂爱，现在临阵脱逃，岂不被天下英雄耻笑！昌沉吟半晌，说，我们各自回吧，我自有道理。二人踏着如水月色，各自归去。

次日，城里没有动静。第三天，城里还是没有动静。第四天凌晨，昌单人独骑，到于禁的大营投降了。于禁很高兴，拉着昌进了大帐，摆下酒席为昌接风。偏将何秀偷偷地靠近于禁，说，将军下一步应该怎样做呢？于禁说，我想亲自将昌送到曹公那里，请曹公谅解呀。何秀摇头，将军差矣，如果你将昌送到丞相那里，丞相会很为难，因为昌屡次背叛丞相，丞相深恨之，可又不能杀掉他，怕落一个害贤之名呀。于禁说，你这话是什么意思？何秀说，很简单，您应该杀掉昌，将其首级献与丞相，既解了丞相心腹大患，又能表现将军的执法严明，一箭双雕，何乐不为？于禁摇头，这是小人所做的事，我不屑为之。

当天夜里，何秀偷偷地摸到昌的帐中，对昌说，将军有什么打算吗？昌说，如果丞相宽容于我，我当与于将军携手并肩，为之拼杀疆场，万死不辞。何秀摇了摇头，你已经没有机会了，你数次造反，丞相很生气，他已传下密令，让于禁将军割下你的首级见他，可于将军念及旧情，不忍加害，于将军好生为难啊。昌瞪圆双眼，沉默半晌，说，也罢，我就成全于贤弟吧。又说，本来，我可绕开于禁，直接去降曹公，之所以降于禁贤弟，完全是为了让他立功呀。遂拔剑自刎。何秀提着昌的首级来见于禁，说，昌自觉无颜去见丞相，已经自裁了。于禁抱着昌的人头，放声大哭。

次日，偏将何秀将昌的首级装在一只匣子里，送到曹操的大营，说，昌向于将军投降，于将军不徇私情，斩其首级献与丞相。曹操很是感慨，他对身边的谋臣贾诩说，如果昌直接来降我，又是什么样的结局呢？贾诩说，您一定会宽容他，委以重任。曹操说，是啊，这样的人才，我十分爱惜，但于禁能严于执法，真有大将军之风，令人敬佩。于是，曹操厚葬了昌。也因为这件事，他更加看重于禁。

若干年后，蜀将关羽领兵包围樊城。曹操派于禁率七军去解樊城之围。大军在樊城外罾口川扎营，不料时值秋季，江水猛涨，一夜之间将七军淹没。被困在一只小船上的于禁，面对一片汪洋，对身边的偏将何秀说，四十年前，昌曾救我于水中，后我又泼了昌一盆水，这滔滔大水，难道不是昌对我的报复吗？遂对着大船上按剑而立的关羽，拱了拱手，投降了。

曹操听说于禁投降，对贾诩说，你还记得昌吗？贾诩说，记得。曹操叹道，昌数次反我，最终悔悟，却被于禁所杀，而于禁跟随我三十年，忠心耿耿，战功卓著，最终却投降了别人，难道这不是命运的安排吗？

贾诩说，是啊，人皆有命，成败在天，就这么回事吧。

猴　子

○谢志强

国王接受了来自遥远的国度一位商人的贡礼——一对猴子。那位商人说：尊敬的陛下，我们那里认为，猴子是我们的祖先。

国王大喜，说：你把你们的祖先也奉送给我了。

国王发现，猴子除了体毛和尾巴，样子跟人类十分相似，他认定，猴子可能也是他们的祖先，是人类共同的祖先。

商人打了个手势，猴子竟然执起蝇拂，替国王驱赶苍蝇。

国王喜形于色，说：我竟然享受着祖先的伺候。

商人介绍了猴子的特殊本领，能够辨别出菜肴是否有毒。这一点正中国王下怀，以往，御膳由王宫贴身侍卫先品尝。

当即，备了下了毒药的一盘果脯，猴子取了一嗅，随即掀翻盘子。商人说：这表明食物有毒。

商人显然对猴子颇有研究，他说：猴子的这种本领是在森林里无数次生生死死积累出的经验。

于是，国王用膳，左右已由猴子取代。国王的疑心很重，这下子，他不再担忧性命安全了。甚至，他想：人类不就是猴子的未来嘛。他相信猴子的聪明、周到和单纯。而且，他开始培训猴子的语言能力，可惜，猴子仅仅能对简单的生活用语作出准确反应。

国王看不惯猴子毫无顾忌地在他面前表现出的亲昵的动作。那动作的结果是，不久，猴子生了小猴。一窝生了十一个。随后的岁月，猴子表现出了强大的繁殖势头，王宫简直是猴子的天下了。

国王挑选了一批中意的猴子，而大量的猴子只得送往宫外。很快，都城出现了大批的猴子，猴子的世界和居民的世界相互错落地分布着。国王闻知，开春之际，猴子举行了盛大的集会，居民们只是观看，听不懂猴子在叽叽喳喳地商议着什么。

显然，还有猴子的国王——最强壮的公猴，挥舞着前肢，群猴响应着举起前肢，仿佛出征前的宣誓。那位商人神秘地出入其间。看来，他跟一批王宫的猴子关系甚密。王宫的猴子脖子上都挂着铁牌子，很优越的样子。

不久，国王驾崩。是饭后暴卒，死时口吐白沫。中毒的症状。据目击者说：猴子没有对御膳作出异常表现，显然，膳食已下了毒，猴子作出的是相反的反应，对毒无动于衷。

猴王取代了国王，它率领群猴里应外合，将人类驱逐出王宫。而且，街头摆出了未曾见过的果品。居民普遍中毒。剩余的居民都被粗暴地集中起来，伺候猴类。

这个王国又返回它的祖先时代。不知要过多少年多少代，它的文明才能重现？只是，商人控制了王国的整个商品市场，已成了猴子的奴隶的人们时常看见他出入王宫（他的身体骄傲地拖着一条令人羡慕的猴子的尾巴），可是，人类已被禁止使用自己的语言，代之以猴子的叫喊和身体语言。

许多房屋被拆毁，宅基栽下了树苗。据悉，树木是猴子的房子。猴子开始培训人类攀缘树枝的技能，一年举办数次盛大的攀树比赛。人们默默地承受着自卑，不过，肢体渐渐地适应了这种生活，他们的身体明显地长出粗毛，甚至，个别的还长出小尾巴，那样便可以获得猴子国王的器重。

小院里的猫

○傅彩霞

不知何时，一只猫在男人和女人居住的小院一角安了家。窝就安置在一堆枯木柴隐蔽的空间里。时隔不久，猫竟然有了一个亲密伙伴，两只猫出入同行，像极了小院里恩爱的男人和女人。

春暖花开的日子，安静的小院更热闹了，两只猫分别升级为猫爸猫妈，五只白黑黄相间的小花猫纷纷出窝，淘气地跑来跑去，梅花脚印留下一串串。锐利的爪子一刻也不消闲，一会儿爬上石榴树上荡秋千，一会儿打翻了君子兰花盆，一会儿又将刚刚栽种的瓜苗践踏得一塌糊涂。男人喜欢整洁清静，有些受不了猫们的胡作非为和熙熙攘攘的折腾，几次下决心要清理门户。

女人却轻言软语地说："院子闲着也是闲着，就让猫一家暂时住在这里吧！又不需要我们给它们办理暂住证。"男人被女人的幽默逗笑了，不再旧话重提。这么多年的朝夕相处，相濡以沫，他已习惯了女人当家，更了解女人的慈悲心怀。

一日，男人把常住二弟家的老母亲接过来，为她准备 80 岁的生日庆典。

清晨，男人便大兜小兜地采购了许多东西，顺手放在院子里。做饭时，怎么也找不到大虾和黄花鱼的踪影。四处寻找之后，他终于在猫窝里看见五只小花猫正津津有味地分享美味佳肴。原来，趁男人关门的一转眼工夫，五只小猫就将虾和鱼全部偷走，占为己有。这些以肉为主的杂食性动物！男人狠狠地跺了跺脚，仿佛男人的尊严和面子一下子被猫们随便撕裂了。

下午，二弟开车接走了老母亲。

男人依旧很生气。怒气之下，把五只小花猫抓进篮子里，骑车提溜着送给了三街之隔的刘奶奶。刘奶奶是无儿无女的孤寡老人，更是这条街上专门收养流浪动物的"专业户"，她几十平方米的家里，居住着许多流浪的小动物：十几只狗和猫，三只鸭，两只鹅，一只兔子……大部分都是孩子们的宠物，稀罕够了或者生病了，抛弃街头，被热心的刘奶奶收留，成了她生命里的一员。街坊四邻把刘奶奶的家戏称为"刘奶奶动物园"。有一些好心的街坊四邻还将一些剩饭剩菜悄悄地放在刘奶奶家门口。

男人提来的五只毛茸茸的小花猫，深得刘奶奶的欢心。它们很快融入了这个大家庭，无拘无束，东跑西颠。

男人回到自家小院。猫妈正在枯木柴之间焦急地上蹿下跳，猫爸也在小院里无助地走来走去，警觉的眼睛不时地到处张望。怒气未消的男人心中涌现了一丝报复的快感，故意不理睬它们。

满天星光的夜空。漆黑的小院，母猫和公猫并排站在一起，喵喵地狂叫。它们的嚎叫似乎要撕破这暗淡无光的夜空。

女人惊诧地问身边的男人："这两只猫咋了？声音怪凄惨的。"

"我把偷吃虾和鱼的小猫送给刘奶奶了！"男人如实禀报。

"你这该死的，这不是活生生地骨肉分离吗？真是造孽呀！"女人使劲踢了男人一脚。

第二天黎明，男人早早买了一兜子时令水果，从"刘奶奶动物园"赎回了五只小花猫，毫毛未损地带回了小院。准确地说，是送回了猫爸猫妈坚守了一夜的窝。

猫爸猫妈似乎被五只小猫归来的传奇景象惊呆了，喉咙里发出叽里咕噜的声音，透过困惑，双眼深情温和地凝视着晨光中的男人和女人。五只小花猫立刻撒欢似的扑向两只老猫，你撕我咬，蹭蹭跳跳，乱成一团，仿佛在庆祝一次生命长途跋涉的大凯旋。小院里又恢复了往日的欢腾。

女人一边轻轻地抹泪，一边悄悄地拽着男人的衣角，轻步退回里屋，似乎不忍心打扰猫们团聚的欢乐时刻。

男人坐在客厅里，粗糙的大手一边不停地掀动桌子上的日历，一边凝视着那张不知看了多少遍的全家福，连声叹息："我们那五个仔，何时能一起回家？"

"快了，明年春节，孩子们约好都回家过年。"

"离春节还有 8 个月零两天，一天比一天近了。"男人掐着指头盘算着。

男人和女人的五个儿女，都在外地打工。两个在北京，两个在广州，一个在青岛。

丢了牙齿

○赵　新

村主任把满嘴的牙齿丢掉了。

村主任的身体很好，哪儿都挺结实挺硬棒，就是牙齿有问题：刚到40岁就掉了两颗嚼牙，后来又掉了两颗门牙，再后来嚼牙门牙一齐掉，硬的东西吃不了，软的东西也吃不了，还想疼就疼，一疼就是好几天。村主任就来了脾气，一怒之下把嘴里那些摇摇欲坠的牙、半拉子牙、还有那些掉剩下的牙根子牙茬子全部拔掉，到省城的口腔医院安了一嘴洁白的新牙。新牙戴在嘴里很别扭，总是鼓鼓的胀胀的，给人一种恶心的感觉，所以除了吃饭的时间外，村主任总是把牙摘下米，用水泡在一只闲置不用的茶杯里。

新牙很容易脏，隔几天就得好好地刷一次，清洗一次。

村主任很忙，忙得抽不出手来时，就让媳妇儿给他刷牙。

今天早晨的情况又是这样。村主任起床以后就对媳妇儿说：对不起，我得赶紧到村委会开会，你把我的牙给刷一刷，一会儿还有人请我吃饭。

媳妇儿便走到橱柜跟前，从放在橱柜上的茶杯里拿牙，可是媳妇儿说：嗨，你的牙呢？

村主任说：这可糟了糕啦，没了牙还怎么吃饭？人不吃饭又不行！

媳妇儿说：别着急，别发慌，你想想，你昨天晚上吃饭时戴牙了吗？

村主任说：当然戴牙啦——不戴牙怎么吃饭？

　　媳妇儿说：你想想，昨天晚上你在谁家吃的饭？他们请你吃饭时，有没有和你开玩笑，故意藏了你的牙？

　　村主任点了一支烟，一边慢慢地吸，一边慢慢地想。他先想昨天下午做的什么事情，开的什么会议，再想自己到了哪些地方，见了哪些人，说了哪些话，然后被哪位乡亲请去吃饭，上的什么菜，喝的什么酒，抽的什么烟……该想到的都想到了，不该想到的也想到了，想啊想啊，绞尽脑汁了，搜索枯肠了，所有的事情都明明白白想起来了，就是有一样糊涂：记不得昨天晚上是谁请他吃的饭！

　　因为到了开会的时间，村主任不敢多在家里耽搁，便心事重重地从家里走出来，匆匆忙忙赶到了会场。这是一个由村主任主持的联席会议，参加会议的有本村村委会委员，村小学校的校长和老师，内容是讨论和确定小学校的临时搬迁问题。因为现在正是雨季，小学校的教室后墙出现了裂缝，老师们不敢让孩子们在教室里上课了，需要大家集体研究一下把课堂搬到哪里，怎么个搬法。村主任赶到会场的时候人已经全部到齐了，村主任说：同志们、老师们，对不起，咱们现在不得不首先讨论和研究另外一个问题，这是一个火烧眉毛焦急万分的问题：我的牙齿丢掉了，今天早晨就不能吃饭啦。请大家帮助我分析分析，看看我的牙丢到了哪里？是容易丢在村外，还是容易丢在村里？是容易丢在饭馆，还是容易丢在谁家里？下面请大家踊跃发言，看谁分析得更加透彻，更加有理！

　　村主任说：我再补充一下，我平日不在家里吃饭，大家不要考虑我会把牙丢在家里！

　　村主任说：我再补充一下，我记不得昨天晚上是在谁家吃饭了，为了节省时间，大家不要再问这个问题！

　　村主任还让村委会会计认真做好会议记录，注意细枝末节，蛛丝马迹。

　　有人发言说，昨天晚上那顿饭很重要，很关键，可以由此及彼由表及里地帮助认识问题和解决问题，村主任你怎么就给忘了在谁家吃的呢？村主任说是啊是啊，这么大的村子，这么多的人口……我偏偏给忘啦！有人发言说，那么你昨天中午那顿饭是在谁家吃的呢？那也很有参考价值！村主任说在杨老万家里呀，他老伴儿有病，想托我给他跑些贷款！有人发言说，昨天早晨你在谁家吃的呢？那也有一定的参考意义！村主任说在李小拴家里呀，他媳妇儿不生孩子，想找我……有人笑了说，他媳妇儿不生孩子，他找你干啥？你有那本事？村主任说你们都别想歪了，那李小拴请我吃饭喝酒，是想让我给他找个药方，我是村主任，应当关心群众的切身利益！

会议开得轰轰烈烈，扎扎实实。两个小时过去了，还有人争着发言，说村主任的牙齿可能丢在了哪里，比如饭馆、桃林、小卖部、苹果园；不可能丢在哪里，比如厕所、猪圈、鸡窝、牲口棚。眼见太阳升高了，时候不早了，村主任只好宣布散会。村主任说，今天的会议收获很大，开阔了思路，发掘了问题，至于小学校的搬迁问题，下次会议再议。

村主任回到家里的时候，媳妇儿欢欣鼓舞地告诉他，他的牙齿找到了，是他们的邻居给送来的。村主仕很惊奇地说不会吧，我怎么把牙丢在了他们家里？媳妇儿说你想想，你昨天晚上到人家家里吃瓜了没有？村主任一拍脑门儿说，吃啦，我记得是在吃了晚饭以后才去他们家吃瓜的，他们家的西瓜很沙很甜。媳妇儿说那你再想想，你的晚饭是在谁家吃的？是不是在咱们家吃的？我给你烙的葱花饼……村主任拍了三下脑门儿说，对对对，想起来了，想起来了，昨天晚上请我吃饭的高老瑞突然病了，所以我临时在家里吃了一顿……媳妇儿说：你怎么给忘光了呢？村主任说：这种情况太特殊，我就没往咱家里想；你别笑话我，你不是也给忘了吗？村主任又说，还好，总算没有耽误去吃早饭！

魔 方

○孙道荣

最后一个项目魔方比赛，将单位的联欢会推向了高潮。十名参加比赛的选手，都是单位里顶级聪明的人。比的项目是三阶魔方的速拧，看谁能在最短的时间内，将一个随机打乱的魔方复原。

比赛开始。十只彩色魔方，在十双灵巧的手下，飞快地上下左右前后转动，红、橙、白、蓝、黄、绿六个色面，如绸带曼舞，如彩虹飞旋，让人眼花缭乱，如坠云雾之中。

简直让人不敢相信，刚刚还乱七八糟的魔方，在他们的手下，眨眼就变成了一个个规则的色面。比赛很快结束了，第一名仅用了 3 分 12 秒，就将一只魔方复原。

局长亲自给选手颁奖，对他们的表现和智慧，给予了很高评价。局长说："我刚刚仔细观察了一下，魔方虽然只是个小玩意儿，但小玩意儿里有乾坤，可以益智、健身，还可以增强想象力，锻炼组织能力啊。"看着局长手里拿着的一只魔方，主持人忽然灵机一动说："要不，我们请局长给我们现场露一手？"

这不是给局长出难题？从来也没见他玩过这玩意啊。台下的人都为这个外请的主持人捏了把汗，也都好奇地等待着看局长怎么化解这场意外。

局长尴尬地笑笑，将手上的魔方随便转了几下说："这个我还真没玩过。那我就献个丑，试试吧。"

局长拿着魔方，开始转动。左拧一下，右拧一下；前转一下，后转一下；上旋一下，下旋一下。就这么拧了几圈，原本不是很乱的魔方，变得更凌乱了，红橙白蓝黄绿六个颜色，完全被打乱了，成了一个五颜六色的大花脸。大家都屏住呼吸，瞅着局长胖嘟嘟的手，毫无章法地乱拧一气。

　　时间一分一秒地流逝，十几分钟过去了，局长手中的魔方，还是连一面相同的色块都没转出来，看来局长对魔方真的是一点感觉也没有啊。有人注意到，局长的脑门上渗出了细微的汗。主持人意识到自己的提议害苦了局长，让他在全体手下面前丢了脸，尴尬地轻声对局长说："要不，我们就到此为止吧。"

　　局长却拧着眉毛，连连摇头。他将办公室主任喊了上来，重新拿了一只新魔方，然后对他耳语了几句。办公室主任连连点头，然后，掏出笔，在魔方上小心翼翼地写了起来。会堂里寂静无声，谁也不知道办公室主任在魔方上写了什么——难道是写着拧的顺序、步骤吗？很快，办公室主任将魔方的六个面，54个小方块都写好了。局长将魔方递给主持人说，将它打乱，越乱越好。主持人狐疑地接过魔方，上下左右前后地旋转了几把，将魔方拧乱。

　　局长接过被完全打乱的魔方，握在手中，面色庄重，前后上下左右看了几眼，沉思片刻，对主持人说："可以开始了。"话音刚落，只见局长胖嘟嘟的双手开始上下挪移，前后翻飞，上下腾跃，嘴里还念念有词。还没等大家反应过来，局长已将凌乱的魔方完全复原，红、橙、白、蓝、黄、绿六个色面，各就各位，整齐划一。局长只用时36秒。

　　太快了！太神奇了！太不可思议了！掌声雷动。局长踌躇满志，气定神闲地扫视了大家一眼。台下有人好奇地问："办公室主任在魔方上写了什么字，使局长瞬间像换了一个人一样，如有神助，在这么短的时间，将一个完全打乱的魔方复原？"主持人拿起局长刚刚复原的那个魔方，只见上面密密麻麻写满了字：红色一面的九个小方块上，都写着"处长"，橙色一面的都写着"科长",白色一面的都写着"队长",蓝色一面的都写着"班长",黄色一面的都写着"组长",绿色一面的都写着"群众"。

难怪局长能将魔方神奇地归位,谁在什么位置局长心中最有数了。那是局长玩得最转的"魔方"啊。

我有事

〇孙 凯

男孩和女孩是在火车上认识的。男孩是从始发站上车的，去黄山；女孩从中途上车的，到黄山旅游。两人虽不相识，但因为两人都去黄山的缘故，所以男孩和女孩就在火车上很自然地聊了起来。

从两人的聊天儿中，女孩知道男孩是一家大型企业的工程师，这次去黄山是要参加一个全国技术交流会；从他们的交谈里，男孩也知道女孩大学刚毕业，在她父亲的厂里当会计。可是女孩此行的真正目的男孩不知道，女孩也没和男孩说。女孩想，和他萍水相逢的，没必要把什么事都告诉他。

火车咣当咣当从南京一直往南开，男孩和女孩谈得很投缘，根本无暇顾及窗外的风景。男孩说，我会看手相，给你看看吧？女孩把自己美丽的双手伸到男孩面前。男孩说，男左女右。女孩把右手交给男孩，男孩很认真地看起来。女孩问，我的命运怎么样？男孩说，命运挺好的，但爱情方面不是很如意。女孩瞪大眼睛问，为什么？男孩很认真地说，手上就这么写着。女孩说，说说看，哪里不如意？男孩说，你的婚姻你自己做不了主。

女孩眼睛瞪得更大了，因为她这次出来的目的，说好听点儿是旅游，说难听点儿就是逃避订婚。女孩父亲是当地远近闻名的企业家，家产少说也有上千万。按照当地的风俗，女孩要招婿上门。女孩父亲在女孩刚毕业时就给女孩物色了一个，对方长相不错，而且才华横溢。可女孩不喜欢这种包办式的婚姻，所以就出来散散心。

男孩一直握着女孩的纤手，嘴里滔滔不绝地说着，可女孩只听清男孩的一句话：你想生活得幸福，就必须自己把握住自己的爱情。

火车到达黄山车站以后，男孩看见了会务组的牌子。男孩问女孩，你有没有预订好宾馆？女孩说，没有。男孩说，那就和我住同一个宾馆吧。女孩点点头。到了宾馆，女孩要去登记，男孩说，你就不要操心了。

会议安排第一天游黄山，第二天去西递，第三天开会，第四天自由活动，第五天返回。女孩看到行程安排后，就对男孩说，正好，我们结伴同行。男孩说，好，有美女相伴是求之不得的事情。

几天的游程，女孩在男孩的照顾和关心下，玩得十分开心。说实话，女孩已经完全喜欢上这位幽默善良的男孩了。男孩也是。临分手的时候，男孩和女孩紧紧地拥抱在一起，难舍难分。可是男孩要回去上班，女孩也要回去工作，没办法，他们只有相约次年的今天来黄山旅游结婚。

分手后，他们每天都接到对方的短信。男孩在短信中说，我想你。女孩回短信说，我也想你。女孩说，我爱你。男孩说，我也爱你。男孩和女孩感觉发短信不过瘾，就相约每天给对方写一封信。男孩的文笔很好，经常在报刊上发表文学作品，所以信写得情真意切文字优美。女孩的信中更是情意绵绵，让人回味。

日子在不停地翻新，尽管女孩父亲给女孩介绍的男朋友，对女孩各方面都很照顾很关爱，但女孩的大部分时间都陶醉在男孩的书信和短消息中。男孩也是，家人和朋友给他介绍了许多女孩子，可男孩根本就不去相亲。

男孩和女孩都记得他们的约定。一年了，男孩问女孩，可记得我们当初的约定？女孩回答说，到死也忘不了。男孩说，我也是。男孩和女孩商定，下个礼拜到黄山结婚。

路上，男孩和女孩刚好又坐在同一趟火车上，男孩从始发站上车有座位，而女孩半路上车没有座位。尽管男孩和女孩在一个车厢，而且距离很近，可他们谁也没认出对方。女孩看到有个很像男孩的人在认真地给另一个女孩看手相。男孩握着女孩的手说，你的命运很好，可婚姻不如意。那个女孩瞪大眼睛问，你怎么知道的？男孩说，你手上写着呢……

　　女孩看着眼前的情景就想起了去年的景象，她不敢相信眼前的男孩就是去年的那个男孩。火车咣当咣当不停地向前跑着，女孩想着心事，根本无暇顾及车外的风景。车到黄山站，女孩打的直奔去年住的那个宾馆，女孩又要了去年的那个房间，一切准备停当后就等着男孩的出现。女孩知道，从男孩的那座城市开往黄山的火车一天就这一趟，她就在宾馆的登记处等。

　　这时，男孩出现了。女孩一看感觉吃惊，这不是火车上给另外一个女孩看手相的男孩吗？她感觉与去年的那个男孩差距很大，更不像自己朝思暮想的恋人。

　　男孩也发现了女孩，足足看了一分钟后问，你是……女孩摇摇头说，不是，我不认识你。男孩奇怪地说，不是讲好了吗，怎么还没来？男孩上楼去了，女孩赶紧找服务员换房间。

　　女孩走进换过的房间后给男孩发了条短信说，对不起，我有事不能来黄山。女孩刚发出这条短信就接到男孩的短信，对不起，我有事不能来黄山。

两棵树

○李永康

在一处风景区的山上长着两棵特别的树。一棵是松树，另一棵还是松树。

当它们还躺在母亲的怀抱——藏在松果里玩耍的时候，有一天，一位读书人来风景区，走累了，便捧起一本砖头一样厚的书大声朗读起来。它们静下心细听，原来读书人正读着的是《圣经》里的《马可福音》第四章：

你们听啊，有一个撒种的出去撒种。撒的时候有落在路旁的，飞鸟来吃尽了。有落在土浅石头地上的，土既不深，发苗最快，日头出来一晒，因为没有根就干枯了。有落在荆棘里的，荆棘长起来，把它挤住了，就不结实。又有落在好土里的，就发芽长大……

读书人合上书走了。它们两个却再也无法平静下来。

一个说：我一定会落在好土里。

一个说：我一定要落在好土里。

一个说：落在好土里我就要好好地长。

一个说：落在好土里我就会长得好。

……

一阵风吹来，松果像铃铛一样摇着，不知不觉中，它们就离开母亲，不由自主地在天空中流浪飘飞。一粒松子儿如愿落在好土里，另一粒却不幸落在悬崖的石缝间。

　　落在好土里的松子儿果真很快就生根发芽，快快乐乐地生长着。落在悬崖上的松子儿一阵叹息之后，很快振作起来，它慢慢地发芽，慢慢地生根。由于悬崖上风大，泥土少，它不敢多生根。为了能站稳身子，它把几乎所有能获得的营养都供给了根部。有一段时间，周围的小姐妹小兄弟还嘲笑它是一棵长不大的小松树。

　　一百年后，长在悬崖上的松树虽然仅仅只有碗样粗细，但它那像人手指形态的粗壮的根紧紧抓住石缝顽强生长的形象，却成了一道风景，一个象征。凡来此旅游的人都把它作为背景争着与它合影。还有不少艺术家为它作画、摄影、吟诗、题词。

　　长在好土里的松树已经有水桶般粗大。只是由于它生长的环境地势低洼，和风细雨经常滋润，根系就特别发达——长了许多须根，稍粗的根上又长须根，须根上又长须根。有一年，突然刮来一阵大风，它被连根掀翻，倒在地上。

　　一天夜里，长在悬崖上的松树对长在好土里的松树说：我还没有长成一棵真正的树啊！

　　长在好土里的松树说：我以为我曾经为自己活过，哪知却是为风而活的。

　　我们都是为装饰别人的梦而活着。

　　说罢，长在悬崖上的松树张开双臂想抱着长在好土里的松树痛痛快快地大哭一场，却扑了个空，原来它做了一个梦。

　　夜静静的，无风，山月朗朗地照着。

俄罗斯情结

○蓝色季风

朋友从国外来电话，让我帮忙去公司取份材料。大年初五去人家那里，虽然他说安排了，可还是担心没有人，电话先过去。

"你好。"有点像童自荣的声音，让人一听难忘。

"你好，我和王总约好今天去取材料，公司十点左右有人吗？"

"有，哈哈，我不就是个人吗？"越听越有磁性。

两扇玻璃大门虚掩着，轻轻推开，办公室非常安静。中间一张枣红色木质长茶几，一条暗灰色长沙发，对着南面宽大的落地窗，一位老先生正在凝神看书。随意一望，是本俄文小说。

"你好！王总跟我说了，我就是在等你。"看见我，他搁下书站起来。他很高，有一米八几。老先生微微一笑："我刚煮的咖啡，要不要喝一杯？"

坐下，接受老先生的好意，捧起咖啡，味道极好。

"这是我自己磨的，加了一点伏特加，只几滴。味道是不是特别醇厚？这是我的独门秘方。"好听的嗓音，美味的咖啡，让匆忙的自己静了下来，才发现屋里有轻轻的乐声，似有若无的。仔细分辨，应该是前苏联的乐曲：《红莓花儿开》《小路》《三套车》。

"喜欢听吗？年轻时天天听，迷上了。"老先生啜着咖啡，神情有点飘逸。

"过年还来上班？太辛苦了。"我话语透出同情。

　　"上班？呵呵，我退休都二十几年了。在这里是帮王总的忙，他国外的客户多，我的俄语、英语在这里能派上用场。"

　　似乎是要证明一下，电话忽地响起，老先生拿起话筒熟练地与对方攀谈起来。叽里呱啦的俄语，我一句也听不懂，却喜欢他讲话的声调。

　　"小时候我在东北，哥哥喜欢上一位俄罗斯姑娘，就是我后来的嫂子。"放下电话，老先生自顾说着，声音出奇好听，像童自荣在给我讲故事。

　　"嫂子教我说俄语。她像洋娃娃一样好看，说话像唱歌。哥哥叫她小百灵，我就叫她百灵姐。后来她父亲去世回国奔丧，再后来，两边关系出了问题，从此天各一方。"老先生讲到这儿的时候，眼睛里不是伤感，是神往。

　　我欷两声。咖啡喝净了，却不想走，感觉这位风度翩翩的老人，有许多有趣的事要告诉我。继续坐着："真看不出您七十多了，还会讲几种语言。"

　　"呵呵，我也奇怪，为什么头发一根也不肯白，上车都没人给让座。至于语言，俄语是嫂子教的，英语是大学里学的，德语是改革开放后派驻德国时学的，法语是因为喜欢看法文小说，匈牙利语是因为当时帮朋友做进出口贸易要用学的。最喜欢还是俄语。嫂子教我时，那声音真是好听，她总是一边唱歌一边给我讲课，学得很快乐。"

　　我不知道嘴巴是不是张得很大，这个细瘦精神的老人，居然会多国语言。

　　"过年不回去吗？"我问。

　　"家里没什么人。哥嫂没留下一个孩子，父母已经不在。上大学认识了我爱人，呵呵，也是个俄罗斯姑娘。"老先生脸上飘过一丝幸福的笑意，"她非常漂亮，金色头发，眼睛大大的。准备毕业后结婚的，结果她先回去，我却过不去了。"咖啡小壶又烧起来，香味里有一点点苦。

"您……您后来没结婚?"

"没有。你要是真的爱上一个人，只有她才能是你的一生所爱，你就不会再期待别人。"

"改革开放以后没找过她吗?"我有些不甘心，还有许多对老先生的关心升腾起来。

"哈哈，都过去半个世纪了，干吗还要打扰别人。我想她会结婚，有孩子，有自己的生活。"咖啡里滴上了两滴"苏联红牌"。

阳光转到正南，屋里一片灿烂。北京这个无雪的冬天，总有几分春意在不时撩拨。起身告辞，老先生送到玻璃门边，轻轻说再见。

坐上车，回味着老先生的话语，想起曾经的声乐老师，有着浓浓的俄罗斯情结，喜欢教我唱《小路》《红莓花儿开》。想起曾经的邻居阿姨，留着许多在俄罗斯时的照片，黑白的，早已发黄，悄悄拿出来让我看。那是属于他们的时代。

这里的爱情静悄悄

○王春迪

孩子，是乡间夜晚的精灵，总喜欢潜伏在每一个可能滋生隐秘的黑暗角落，让人猝不及防。

就像当年，还在玩骑马打架的我们，最喜欢做的事，莫过于结伴来到麦场、树林里、小桥下，借着几缕或明或暗的月光，偷看村里村外的男男女女幽会。

可我们那时不叫幽会，而在想象和称呼上直接省略了"会"的过程，就叫"接火"。在我们方言里，"接火"就是"亲嘴"的意思。许多许多个困乏的黑夜，我们缩在柴草堆里，或被蚊虫叮咬，或被寒风侵袭，望眼欲穿的就是那把"火"。只待热恋的情侣羞答答地"交火对接"，我们这帮潜伏已久的小屁孩随即摇着脑袋扯着嗓门狠劲地鬼哭狼嚎一气，搞得人家又羞又急，女的捂着红脸蛋直跺脚，男的随手拾个土坷垃直嚷嚷，我们便在月光里笑哈哈地一哄而散。不染纤尘的星空下，立刻弥漫着一串串稚气的歌谣："小小子，坐门墩儿，哭哭啼啼要媳妇儿，要了媳妇儿做什么？做鞋儿、做袜儿，洗脚儿、说话儿……"

当然，第二天，那些害臊的姑娘或者小伙子，瞅个机会便往我们兜里塞个苹果或者糖块什么的，算是堵住我们的小嘴巴。毕竟，"孩子嘴，锣鼓槌"，真要给你讲开了，可厉害着哩！且都是些不懂事的小屁孩，你好说啥？

　　一天晚上，月色正浓，村头的二狗子气喘吁吁地来喊我，说有一男一女正坐在村头的小桥上，看样子，要"接火"。

　　我一听来了劲儿，立刻尾随而去。待到距桥面十步远的柴草堆旁，我定睛一瞅，顿时傻了眼，成了公鸡钻篱笆——进也不是，退也不是。桥上，那颔首低眉、面容娇羞的姑娘，竟是我姐！

　　二狗子和一群浑小子这才发出了早有预谋的笑。

　　我明白他们的心思，今儿个，如果姐和她对象接上"火"了，这帮浑小子明儿就会要我代表他们去敲姐的竹杠！

　　可我也不好离开，就随着他们静观桥上的一举一动。心想假如真的接上了，我就学猫叫或者咳一下，吓开他们。

　　我清楚地记得，那晚，姐和我后来的姐夫，坐在桥的南面，姐身体微微向东，姐夫朝西。姐一会理理搭在前怀的辫子，一会摩挲一下衣角；而姐夫则时而扭头看看月亮，时而捡石子扔着玩。姐夫偶尔说句话，自言自语似的；姐不怎么应声。

　　天地间，只有流水声，如鸣佩环。两个人中间那空隙，大得能过去一辆小推车。有一车子鸣笛而过，远远地打着灯，姐和姐夫像是见不得光亮一般，尽可能地将身子和脸往里面侧，留给亮光一个难以形容的羞涩。或许那车子觉得自己的到来有些莽撞，屏气凝神地过了桥，才又慌里慌张地向前奔去。

　　当晚，姐和姐夫的表现让二狗子他们很恼火，没等桥上的两人散了，桥下的小观众就嚷嚷着要回家睡觉。

　　第二天晚上，姐姐胡乱地扒了几口饭，就对着镜子梳理她那根又粗又长的辫子，一边机械地梳，一边盯着镜子凝神微笑，以至于我喊了她两声都没听见。

　　再喊第三声的时候，姐吓了一跳，之后又气又羞地嗔我："干吗？"

　　我本来想让她晚上别出去了，二狗子他们正在那里等着呢，但瞧着姐那一脸幸福的样子，话到嘴边又咽了下去。

我支支吾吾地说："姐……你要小心啊！"

姐不解地望着我，长长的睫毛一扑一扑的，随后笑着捏了一下我脸蛋，又如雪花一般轻盈地飞走了。

可当晚，姐依然和姐夫表演哑剧。只是，两人之间的距离小了些。

天上的月亮和二狗子他们一样，觉得没啥意思，在右面看了一会儿，乏了，又将头转到了树梢的左面，枕着云朵儿，露出一双瞌睡的眼。

几个晚上下来，姐和姐夫已经无限接近了，却又永远靠不到一块儿。直至两人的距离近得可以忽略不计，温度已经到达燃点时，姐和姐夫竟不再在桥头出现了。他俩定亲、结婚了！

姐结婚那天，二狗子他们拼命地向姐要喜糖喜果子。我知道，这帮家伙觉得之前吃了亏，心里委屈，想方设法要补回来。

转眼过去了二十年。去年夏天，姐家的儿子考上大学，我从省城回到苏北老家。晚上，与姐、姐夫一道坐在院子里纳凉，姐问我，和上次带回家的那一个姑娘咋又分了？我叹了一口气，懒得解释。

忽而想到二十年前的那个夜晚，就把当时偷看姐和姐夫的事儿说了。"当时我也没看你们俩有多热乎，怎么那么快就结婚了？"

姐笑了笑，轻声说："那几天晚上，刮了点西风，你姐夫坐在桥西，风一吹，他就给我挡挡。再吹，他又给我挡挡。我觉得这人虽不爱说话，但心蛮细的，应该不会错。"姐说完又笑了，笑时偷偷瞄了一下姐夫。姐夫在给我们切西瓜，知道我们在讲他，也不管听没听清，抹了一下鼻子，嘿嘿地跟着笑了。

可我的鼻子不知为何酸酸的。

抬头，忽然看到了儿时的星空，明月如霜，清风如水……

一只口吃的兔子

○林一苇

一只兔子，正在邙山的一片草地上吃草，一回头，他看到了另外一只兔子。

"你……你你你……好。"兔子激动地向另一只兔子打招呼，这一开口，不料他口吃了。

怎么会这样呢？他害羞地低下了头。他再也不敢说话了，心里却在想着。想着什么呢，他也说不清楚，他只好低下头装作吃草，但是吃草也不用心了，刚才可以嚼出甜蜜汁液的青草，现在味同嚼蜡，他"呸"地吐出来，恨自己。

另一只兔子并没有走，她来到他身边。

"你……你你你……好。"兔子想问候她，想和她说话，但是他一张口，又口吃了。这下，他更羞了。他只好羞赧地低下头。他原来是不口吃的，这一点，连他吃过的草都知道。

他不知道要怎么办，他只感到羞耻。于是，他偷偷地离开另一只兔子。是的，偷偷地。他感到走路时他的腿都软了，他感到渺小而且卑下。他一心只想逃跑，走到另一只兔子听不到他说话的地方，说出他想说的话——

你好！

这不是不口吃吗？你好！你好！你好！他说了很多遍。直到他坚信他不口吃了，他才兴冲冲地回来，找到还在吃草的另一只兔子。

"你……你你你……好。"走到另一只兔子身边，他鼓足勇气向另一只兔子问好。可是一张口，他又口吃了。

这下他真不知道怎么办了，心里那个羞啊。他恨不得找个地缝钻进去。他的脚在微微地颤抖，他憋了很长时间，"突"的一下逃跑了。他飞奔着逃啊逃啊，他跑出了一身汗，跑出了一眼泪。直到他要死了，他的心要蹦出来了，他才停住。

站住，他又哭了。

他知道他是看上了另一只兔子了。是爱上另一只兔子，他才变得这样渺小。他感到从来没有过的卑微、害羞、没有自信，血脉贲张但又羞于表达。在远离另一只兔子时，他知道他是悠然而自信的，但当他走近另一只兔子时，却紧张得说不出话来。

"你……你，你你……"

另一只兔子呢，后来我们知道，她恰巧是不喜欢说话的兔子。她只喜欢纯洁的眼睛和害羞的脸庞。她能理解的语言不多，她知道害羞是一种心灵的语言，只有纯真的人才能够拥抱它，所以，兔子说出那一个"你"字时，已经感动她了。

一个字就感动她了。也只有一个字，才可以感动她。

"你……"另一只兔子因为这一个字爱上了这只兔子。

兔子不知道，因为，你知道。

另一只兔子也不知道。理由，你知道。

在宽阔的邙山上，风走过，沙走过，到处是灰白的石头和碧绿的草地。一只兔子，热乎乎地从被窝里走出来，寻找另一只兔子，直到心被风和自己的害羞吹冷。另外一只兔子，梦游般走到兔子身边，不知道吃草，也不懂得表达，在听到兔子的问候时紧张得发抖。

"你……你你……好。"

这是她听到的世界上最美好的声音。

一只兔子和另一只兔子在邙山嶙峋的山间和丰茂的草地上走过。他们会偶尔碰到一起，他们相互看一眼，又迅速各自走开。在擦身而过的时候，他们的腿都会发软，但他们都不回头。他们都不了解对方，也不敢正视自己。

就这样，你能想象到，在夜空，在邙山的山头，一只兔子走出来，走在山这边；另一只兔子走出来，走在另一边。他们热血沸腾地站在那里，他们知道变不成石头，他们也不会不朽，但他们在自己的时间里，在活着的每一天里，孤独地、热血沸腾地，充满天空。

扑克与爱情

〇刘会然

　　来到客运中心，却发现由于天气的原因，他要乘的去 C 城的客车晚点。C 城正在举行一场大型相亲会。

　　等车百无聊赖，他正准备打盹，这时一个妙龄女子在他的身边坐了下来。

　　他礼貌性地对她笑了笑，算是打招呼。她也嫣然一笑。

　　很无聊，他从旅行包里掏出一副扑克牌，一个人玩起了算命的游戏。

　　她凑了过来，说，也帮我算算好吗?

　　他说当然可以。并说其实算命是骗人的把戏，只是为了消磨时间而已。

　　她抽了 5 张牌，按东西南北中的顺序摆好。

　　他看了看四向的牌，说，其他三向都是红的，只有去 C 城的方向是黑色的，说明你好运不在 C 城。中间那张是红色，说明你今天就有好运。

　　她笑了一下说，准吗?

　　他说，胡乱编的。信就信，不信也就不信。

　　她说，你自己也算一下如何?

　　他也抽了 5 张牌，按东西南北中的顺序排开。他发现自己的红黑排序和她惊人地相似。

　　玩完游戏，时间尚早，他说我们再来玩几盘牌吧。她默许。

　　她说，正好我想去买一瓶可乐，输了你帮我去买。他说，好。我正想要一瓶矿泉水，输了你帮我去买。

　　他们都抓了 18 张。她输了，她帮他买来了矿泉水，当然包括自己的可乐。他掏钱给她，她拒绝了，说，算我输了请客。

　　他说，再玩。她默许。她问，这次玩什么？他说，来点惩罚性的。他征求她的意见，玩刮鼻子如何？谁赢几张牌，谁刮对方几下。她默许。

　　他们玩 12 张。他赢了 8 张。他有点矜持，用扑克牌刮了她 8 下。她说牌太多了。

　　他说那玩 5 张好了。这次她输了 2 张。她说用扑克牌刮太痛，还是用手直接刮好了。他只好用手轻轻刮了她两下。虽然很轻，她还是露出了嗔怪的表情。

　　他们玩了好几盘，她全输了。后来，她说不玩了。我总是输，没有意思。

　　不过，她很快说，我们来玩一个牌决定命运的游戏如何？

　　他一听，觉得蛮刺激，欣然答应。他问，那输赢如何？

　　她说，谁输了就答应赢者一个要求，输者无条件答应。

　　他说，真的吗？她说，真的，不能反悔。

　　他想了想，这无非是一个游戏而已，就答应了。

　　轮到她洗牌。他抓了一个 8。她抓了一个 K。她大。

　　他认输。

　　这时，车站的广播响了，去 C 城的车开始验票上车了。他对她说，你快提要求吧。她笑了起来，说，你跟我回家，做我的另一半。

　　他愕然。可她认真地撕毁了去 C 城的票，提起了他的旅行包朝出口走去……

洗 衣

○海棠依旧

    小伟五岁那年跟随父母到了闽南一座叫坂仔村的小村庄。小伟的父亲找到村主任，对村主任说，家乡遭洪水了，想在这里安家。

    村主任听了，亲切地拍着小伟父亲的肩膀说，我那里有间柴房，你们先住下吧。村里有一块闲散的地，你们种点农作物。

    从此，小伟就经常跟父母到地里干活。

    转眼，到年底了。

    过年了，小伟父亲从街上买了很多好吃的。大年三十，桌上摆满了香喷喷的菜肴，还没等开饭，小伟就狼吞虎咽地吃起来。小伟的父亲看了看小伟，看了看小伟的母亲，笑了。

    初一早上，小伟母亲一吃完早饭就对小伟说，小伟啊，娘拿衣服去河边洗了，你跟娘一块去吗？小伟嗨了一声，穿着新衣新裤，跟在娘的屁股后面颠儿颠儿往河边走。每次娘洗衣服，小伟总要跟娘到河边玩水。河里的水欢快地流啊流，河里的鱼灵巧地游啊游，小伟的心就欢快地奔腾着。小伟知道，坂仔村的女人平时都是把衣服拿到河边洗，娘也慢慢地习惯了这一切。

    半个多小时过去了，娘刚洗完衣服，村主任来了。他看到娘，脸变了色，说，妹子，你闯祸了。几百年来，每年正月初一到初六，任何人都不能到河边洗衣服的。违者，要给村里的每个村民送上一块豆腐以示道歉。

小伟娘听了村主任的话，蒙了。她求饶似的跟村主任说，村主任，您就原谅我这回吧，我刚到这里来，不懂。

妹子，不是我不肯原谅你。这是祖祖辈辈流传下来的风俗。正月初一到初六，几百年过去了，村人都懂得这道理，也没人会犯这样的错误。因为他们知道，这几天到河边洗衣服，河水弄脏了，会把龙王惹恼的，龙王一生气就会离开这里。这样一来，这里就会发生干旱。所以，村民们都一直遵循这习俗。妹子，还是抓紧时间回去准备吧。村主任说。

可是，村主任，咱村几千号人，我哪有办法买那么多豆腐？再说了，这得多少钱啊！小伟的母亲说完，急得掉下了眼泪。

你也别急，这事说来我也有责任，怪我没事先跟你说清楚。这样吧，我买点豆子给你吧。你把豆子挑到村西头的徐家豆腐铺，叫他们帮你把豆腐做好了切成一块块，弄成炸豆腐，每人一块分给村民。村主任说完，叹了口气，走了。

第二天，村主任果然挑来豆子，小伟母亲连同自家的豆子，一起挑到徐家豆腐铺，如此这般交代了一番。过了一个上午，徐家来人了，说有部分豆腐炸好了，叫小伟母亲先把那些拿去分了。小伟母亲听了，叫上小伟，又把在地里干活的小伟父亲找了回来，一家人兵分两路往村里走，去给村民分豆腐并赔礼道歉。

小伟记得，他和父母跑了两天两夜，总算把豆腐分到每位村民的手上，小伟的脚都起了泡。从那以后，小伟母亲说什么也不敢在正月到河边洗衣服了。

转眼，小伟长到了15岁，15岁的小伟上了初中二年级。

这天，小伟从学校放学回来，回来要经过那条小河。小伟看到，不知从什么时候开始，河里的水变浑浊了，河面上浮着一些乱七八糟的东西。小伟几次趴在桥的栏杆上往下看，看不到一条小鱼。小伟站了短短几分钟，看到好多村民手里提着垃圾往河里扔。河边堆满了垃圾，引得苍蝇

"嗡嗡"直叫，到处飞来飞去。看到这情景，不知咋的，小伟想起了十年前的那件事。可惜，自那件事后，没过两年，村主任就死了。以后，也再没正月初一到初六不能到河边洗衣服的禁忌了。但小伟的心里还是依恋着那段传统，那个风俗。

又过了 20 年，小伟当上了镇长。当上镇长的第一天，小伟来到小河边，看着堆在河边的一堆堆垃圾，小伟当机立断，通知各村领导，号召村民，保护母亲河。并且规定，以后不许村民往河边扔垃圾。小伟下达完任务以后，远眺着窗户外面的坂仔山。山上的树木郁郁葱葱，小伟的脸上露出了笑容……

你身上有她的香水味

○魏永贵

老安回家的时候已是半夜。睡眼蒙眬的女人和老安拥抱了一下，立刻把老安推开了。女人柳眉一竖扔给老安一句话：去哪儿鬼混了！老安说，开什么玩笑，我这不是刚出差回来吗？我累了，快睡觉。

老安很快知道女人是认真的，女人摆的是没完没了的架势。女人说，不要以为晚上我睡得迷迷糊糊就嗅觉迟钝，我能迟钝到分不出我自己男人的味道吗？

老安生气了，说你累不累啊，有话直说，看你活像一个母夜叉！女人说，你倒厉害起来了，你心虚了吧？说！你身上哪来的香水味？

女人把老安拉到了落地灯跟前。女人忽然嗷地叫了一声，说，我明白了，你以为我是白痴啊，几天前你出门的时候穿的是浅灰色的衬衣，你现在看看，自己好好看看！老安顺着女人的眼光一看，立马惊了：咦，这真的不是我那件衬衣，这个……这个……女人说，这有什么奇怪的，外面的小妖精给你买了一件颜色近似的衬衣，希望你像换衬衣一样换掉我这个黄脸婆！你们还滚出了一身香水味，我就是瞎子聋子，可别忘了我还有鼻子！

老安愣了一刻，忽然说，我想起来了，这衬衣是青岛老田的，对，那小子喜欢洒点香水，一定是早晨匆忙穿错了衣服。对，就是这么回事！我这就打电话给老田。老安急忙去掏手机。

女人抱着双手冷冷地看着，说，你就使劲地编吧！

老安拨了好几遍电话，最后说，这小子关机了，明天早晨再打，睡吧。

后来老安女人就睡下了，老安整夜面对的是女人虾一样弓着的后背。

第二天睁开眼睛，老安第一件事就是拨打青岛老田的电话，却一直没有拨通。老安说奇怪，怎么就不开机呢？女人还是那张冷冷的脸。女人说，别瞎忙活了，鬼知道你拨的是哪几个天文数字，你都可以去演电影了。女人又说，如果真的有一个老田，你们在电话里一配合，他还能不顺着你的话说吗？你们男人不是经常这样互相"帮忙"吗？你能证明什么？累不累啊？买衬衣就买衬衣了，说明我家男人有魅力。

老安许久没有说话，后来突然站起来，一边穿外套一边说，快穿好衣服，我们出去。女人说去哪儿。老安说别管，跟我走。平时有了磨擦，老安会主动拉着女人出去转一转。女人说要去你自己去，我还要洗你那带香水味的衬衣呢。

老安说洗什么洗，我这不是穿在身上吗？跟我走。老安的声音有些冲，女人就有些不情愿，但还是跟着老安出了门。

二十分钟后，老安拉着女人来到了机场，老安直奔售票窗口。女人一看急了，一把抓住老安的衣服说，你疯了，你要干什么？老安说你别管，我们去青岛找老田，我要当面让你知道是我穿错了衣服还是哪个小妖精给我买了衣服。

女人突然就软了，女人降低了声音，说，好了，我承认你的衬衣是青岛老田的，你是清白的，行了吧？老安说不行，鬼才知道你心里是怎么想的。老安又补充了一句：就当是到青岛去旅游一趟。女人说，为了一件衬衣来回坐飞机，你不觉得自己有病吗？老安说，我的清白是无价的，走！

一个小时后，老安和女人在花了两千块钱之后坐上了飞往青岛的飞机。一个半小时后下了飞机，又花了六十元坐出租车赶到了老田所住的和平小区。

老安长长出了一口气，不慌不忙地拿出手机用免提档拨了老田的手机。

这一次电话通了，老安说，老田啊，你小子可把我害苦了，你快下楼来接我。老田说，什么，你在哪儿？老安说在你家楼下。电话里的老田突然大笑，老田说，你是不是还带着媳妇儿？老安说对呀。老田说你是不是来换衬衣的？老安说让你猜对了——都是你干的好事，把我的衬衣穿错了，我也只好稀里糊涂地穿了你的衬衣，你偏偏还喜欢跟娘儿们一样洒点香水。

手机里的老田还在大笑，笑得嘎嘎的。老安说，别笑了，快下楼啊！

老田说，我怎能不笑呢？我下不了楼，我跟你一样正带着媳妇儿坐飞机刚刚到你所住的城市呢。

重　任

○陈力娇

母鸡织锦下了只软皮蛋，她找到公鸡赖皮。织锦说，你也太没能力了，怎么你踩的蛋都是软皮蛋？刚离开我的身体那蛋就碎了。别说主人，就是我也觉得脸上无光。

公鸡赖皮此时正盯着一群花团锦簇的母鸡，把她的话当成了耳边风，因为织锦对于他，早已是明日黄花。

织锦很生气，她后退几步，猛地跃起来啄赖皮的眼睛。赖皮一躲，织锦尖尖的嘴巴啄在了他火红的鸡冠上。赖皮火了，吼，干什么？你个臭婆娘，不搬块豆饼照照，你怎么赶得上粗布？粗布虽然出生在贫困家庭，你看她出落得多水灵。

织锦听了赖皮的话，脸涨得比她下蛋时还红。织锦呸了一口，道，我当初一点儿也不比粗布差。不是你，我怎会衰老得这么快？赖皮不去理织锦，他一门心思注意粗布的一举一动，正找机会跳到粗布美丽的背上呢。

可是粗布身边有护花使者，是比赖皮漂亮一百倍的九立。九立光彩照人，羽毛像孔雀一样鲜亮柔顺，个头也大，走起路来气宇轩昂，整天被一群母鸡众星捧月。只要他在，赖皮就甭想接近粗布，只好委屈地和织锦一次次偷欢。

赖皮不理织锦，织锦就在一旁啄自己的软皮蛋。她一口接一口地啄，啄一下，扬一下嘴巴。赖皮看她吃软皮蛋，自己很馋，走上前去讨好织锦。他说，你缺钙了，哪天我领你去河边吃小虾米和小河蚌。

织锦说，谁说我是缺钙？我是流产了，被主人家的大黄狗吓的。他扯住我的翅膀，险些把我吃了。主人家的大黄狗确实有扑鸡的习惯，他不但扑织锦，也扑赖皮和九立。

但是这一次赖皮和织锦都没说对。织锦不是缺钙，也不是流产，她是得病了，得了一种叫禽流感的病。她的身体日益虚弱，最后连软皮蛋都不下了，连一粒米都不知道吃了。她蹲在柴垛旁，瑟瑟发抖。

赖皮看织锦那病样，已经完全不理织锦了。他甚至当着织锦的面儿，嚣张地挑逗粗布。九立看不顺眼，把赖皮堵到墙角狠命地教训，到底把他的鸡冠啄出了血。然后九立来到织锦的面前，说，我替你报仇了。

对九立的仗义，织锦已无动于衷，但她有更重要的话要对九立说。待九立转身要离开她时，织锦叫住了九立。织锦说，我得病了。九立说，我知道你得病了才教训赖皮给你看。织锦说，这个已经不重要了。九立不懂，看着织锦发愣。织锦说，我得的是一种特殊的病，它会传染。不但会传染给同类，还会传染给人类。九立急道，那怎么办？织锦说，我想出走，走得远远的。我想让你们健康，让人类健康。

九立不吭声，他一下子敬畏起织锦来：看不出这只其貌不扬的普通母鸡，会有这样的情怀。织锦看九立沉默，又说，我有一事相托。我走后，如果你们中间谁得了这种病，你一定要让他也像我一样离开，否则这病传播开去，整个村子都要遭殃。九立点头。见九立答应了，织锦头也不回地出了院门。

可是半小时后，意外还是发生了。主人家外出买化妆品的小环回来了，她一进门就嚷，妈，咱家的织锦打蔫儿了，趁早杀了吧。小环一嚷，所有的鸡都看到，织锦的两只翅膀被反绞着攥在小环的手中。妈妈没在家，小环就亲自动手对付织锦。她把织锦的头背向脑后，院中放了一只清水碗，找来一把剪刀，挑开了织锦的喉咙。起初织锦还能大声喊九立，待一股浓血喷进碗里，织锦没了声音。血流尽后，织锦被扔在院里。赖皮吓得咯咯叫着蹿上了柴草垛，不顾一切地飞出院外。粗布也早已吓瘫了，她躲在门板后面缩作一团，其他母鸡也一哄而散。

只有九立没动，他独守着织锦。他不相信，织锦就这么完了，不相信织锦的凤愿这么快就结束了。果然，被扔到地上的织锦忽然奇迹般站起来。她昂着头颅，滴着鲜血，在院中足足走了三圈。她的眼睛睁得很大，似在呼喊；迈着碎步，像演员在台上踩着锣鼓点。急急地走完三圈，她跌倒了，之后就一动不动了。

晚饭的时候，织锦的肉香飘了出来。织锦被炖在锅里，满满一盆鸡肉炖土豆放在灶台上，色香味俱全。主人家所有的人都回来了，看到炖了鸡，小环的哥哥掉头去隔壁的小卖店买酒。小环的弟弟和妈妈也高兴地去洗脸——他们挖了一天的地，肚子早就饿了。

只有小环沉得住气，不把炖好的鸡端到桌上，而是放在灶台上凉着。自己则去院中的菜园薅几把小白菜和小葱，这些再配上织锦的肉，肯定是一顿丰盛的晚餐。

小环走后，只有大黄在灶台前围着香味不肯离去，但是大黄是有规矩的，主人家的饭菜大黄从来不动。也正是看到大黄在厨房，九立一下子来了主意。为了织锦，为了织锦的凤愿，也为了主人家的健康，九立飞身到灶台上，不容多想，也顾不得烫，有力的双脚踏上盆沿，奋力一蹬，一盆菜跌落在地上，如花般四处绽放。

一场暗恋

〇韦乔友

一条流水线，流去了我多少的情思。

坐在上一个工位的那个男孩俊极了！他的眼睛很黑，眉毛很清秀，头发理得很精致。他的气质也很好，沉静中透出自信与坚强。他的微笑充满了穿透力，使我的心酥酥的。不知道他是否留意到我，他是否知道我在窥视他？才不要他知道呢，要是他知道了，我该多难堪啊！

他侧过脸来看了我一眼。触电般的，我低下了头，手佯装忙着不断从流水线上流过的货物。我的心怦怦地跳，像打鼓似的。由于心里的慌乱，手竟跟不上流水线的速度，货物开始堆积。他竟然帮我了，我感激地看了他一眼，他面带微笑。

这天下班，我有意无意地走到了他的身后。他比我高了一个头。他有宽阔的肩，我想这肩一定充满了力量。他有一股男人特有的气味，我闻到了，真好闻。今天我一定要弄清楚他叫什么名字，等一下看他拿哪张工卡就知道了。这时，后面的女同胞竟然推搡了我一下，我险些就撞到了他背上。看到了，他拿的是 225 号工卡，叫黄平。我在心里念了几遍他的名字。

在食堂里打了饭，我就找不到他了。人太多，食堂太大，要找个人并不容易。我四下搜索，没看到他。他会到哪里吃饭呢？我拣了个空位坐了下来，捧起饭慢咽细嚼。但我刚坐下就吓了一跳：他就坐在我的对面，正埋头吃着饭哩。

吃了饭，洗了碗，我就早早地往车间走。他还没来，他的卡静静地躺在工卡栏里，我站着默默地看了足有一分钟。进了车间，我又看着他的位子。我想象着他在那里工作时的样子。我拖出他的工凳，坐到上面。啊，他平时就是这样坐的。为什么我觉得他的这个位置这么特别呢？工友们陆陆续续上车间了。我刚回到我的位子上，他就来了。我用眼睛的余光注意到，他一声不响地坐到了他的工位上，微微呼了一口气，然后用手指轻轻地拂了一下线台上的一点纸屑。我感觉到他看了我一眼。当我感觉到这一点时，我体内流动的血液仿佛停顿了一下……但是我又怪他，怎么不多留意一下我呢？他怎么不和我打声招呼呢？哪怕是一声"哎"，哪怕是一声"喂"。但是他似乎没有留意到我，这多么令我丧气啊！

一天，我看见他叫组长给他签一份辞工书。天啊，他要辞工了？我傻眼了，简直不敢相信这是真的，我在心里哭泣。每天有很多人出厂，又有很多人进厂……真是落花有意流水无情……

7 号那天，他出了厂。组长叫来一个新工人顶了他的位置。那个位置虽然来了个人，但我觉得还是空了。他走得那么坚决，没有向谁道别。也许，在这来自五湖四海的工友里，他认为没有人会留意他。我简直要哭出来了。我叫了个工友来顶一下我的位置，我要出去透一透气。

我看到他了，他正在排队领工资。领了工资，让门卫检查了行李，就可以出厂了。他出了厂，以后也许就永远不会再进这个厂了，也就是说我永远不可能再见到他了。

我鬼使神差般走下了楼梯，向厂门口走去。我在人群中转悠，希望他能看到我，希望他叫我一声。他已领了工资，向门卫那边去了。该死的家伙，他怎么就没看到我呢？我再走近点儿，走到他的面前，就算他是个瞎子也能看到了。可是他怎么就不叫我呢？只要你叫一声，我就会丢掉一个少女所有的矜持，向你表白。可是太可气了，太可恨了，他竟然对我熟视无睹。我转到他的侧面，我看着他。我心里很冲动，但是我不敢叫他。爱的人就在眼前，其实却很遥远。

他出了厂门，我的身子向前跌了一下，眼泪夺眶而出。我不顾别人奇怪的眼光，我扑到了门前。我没有外出证，又是在工作时间，我不能出门。他出了门，向左一拐，我就看不见他了。我连忙跑到左边的栅栏，向外看。我看见一个女人正在迎接他，听到那女人对他说："我等你好久了。"我愣住了！愣了足足有五分钟。之后，垂头丧气地向车间走去……

糟糕的发明

○金晓磊

结婚不久，卡付卡发现妻子黛比的缺点真不少。其中，最让卡付卡无法忍受的是，黛比老是乱放东西，过一段时间以后，她要用的时候就记不起来放哪里了，只好问卡付卡有没有看到。

有一天傍晚，卡付卡刚从实验室回来，看到客厅里好像被翻了个底朝天。卡付卡连忙冲进卧室。那个时候，黛比正在翻床头柜的抽屉。见到卡付卡，她就像遇到了救星一样急切地问：看到那个指甲剪了吗？

卡付卡差点晕过去：我以为遭贼了呢！你这么兴师动众，就为了找那个东西？

这玩意我急用。黛比抬起腿，扭动着漏出来的脚指头说，早上刚换的新袜子，一下就开了洞。

后来，好不容易在卫生间的马桶水箱上找到了。

黛比一拍脑门说：想起来了，上次洗完脚，剪了趾甲就随手放这里了！我下次注意。

事实上，正如卡付卡预料的，下次，黛比还是老样子。

再这样下去，总不是事情，卡付卡想，得想个办法啊！

办法，对于卡付卡这样的高级博士来说，其实只是小菜一碟。所以，很快，卡付卡就想好了——搞个小发明出来。连名字都想好了：物件搜寻仪！

　　两个月以后的一天，是黛比的生日。一回家，卡付卡拥抱过黛比，就从裤兜里掏出个小纸盒，神秘地说，祝你生日快乐！

　　黛比激动地拆完了包装纸，失望很快就从脸上浮现出来。那不过是个手表样的玩意。

　　别小瞧了这玩意，卡付卡说，是我专门为你发明的新玩意——物件搜寻仪！整个 K 城，只此一件！

　　黛比重新打量一下这玩意，取而代之的是一脸的茫然。

　　卡付卡拿着这玩意扫描了一下面前的花瓶和桌子，然后拉着黛比进了卧室。他在屏幕上输入了"花瓶"和"桌子"的字样，那玩意立刻发出声音：向前走两米，左拐，靠右，是花瓶。继续向前一米，是桌子！

　　黛比简直不敢相信自己的耳朵。她顺势抱住了卡付卡，在他的脸上狠狠地啄了起来，然后一个劲地说，我爱你！

　　卡付卡的那张脸，涂满了幸福的口红。

　　第二天，黛比用了整整一天的时间，把家里所有的物件全扫描了一遍。大到衣柜冰箱，小到绣花针掏耳勺。黛比亲自操作了几下，觉得效果实在好极了。她实在忍不住对这仪器的喜爱了，就爱屋及乌地用自己的身体好好奖励了一下卡付卡。

　　激情过后，黛比忽然想到，还有更重要的没扫描。于是，她连忙披衣下床，拿过仪器朝卡付卡的身上扫了扫。

　　卡付卡笑着说，小傻瓜，你总不至于把我也给弄丢了吧。

　　那说不定。黛比说完，连忙把自己也从头到脚扫了一遍。

　　最后，黛比把这仪器戴在了手腕上，带着微笑进入了梦乡。

　　日子一天天过去。卡付卡觉得黛比喊自己寻找物件的声音的确没了，家里的物件也没有了遭贼样的杂乱。只是，这仪器呼叫的声音，却是一天比一天多了起来。

　　糟糕的事情，很快就发生了。

那天，卡付卡下班刚回家，手机就响了。黛比的痛哭声，立刻从话筒里汹涌澎湃起来。她说，阿卡，刚才我挤公交车的时候，把那个仪器给挤丢了。

宝贝，不要伤心。卡付卡安慰说，过几天，我帮你再制作一个就行！

现在的问题是，我下了车，已经找不到回家的路了！黛比哭得更加厉害了。

在确认了黛比的位置以后，卡付卡把她接回了家。

回到家，黛比像是到了个陌生的地方一样，手足无措。她蹲下身子，紧紧地抓住自己的头发，靠着墙根儿，又放声大哭起来。

卡付卡连忙抚摸着她的背，轻轻地说：一切都会好起来的！

他的心里却是一浪一浪的凉意涌上来：黛比过于依赖这个仪器，思维越来越迟钝，导致记忆逐渐在退化！

是继续用这样的仪器，还是接受治疗帮助她逐渐恢复记忆呢？这，的确是个很大的问题。更大的问题是，记忆究竟还能恢复多少？

就在这个时候，黛比突然甩开了卡付卡的手臂，盯着卡付卡的脸说：

你是谁？你想干什么？

卡付卡立刻瘫倒在地上，说不出一句话来。

双面琵琶

○蓝　月

　　双面琵琶这小子竟然结婚了。新娘子哪儿来的？是他从河里捞上来的。

　　双面琵琶原名许多多，因为打小就瘦得出奇，左右肋骨根根清晰可见，村里人就给他起了个双面琵琶的雅号。许多多成人以后还是既瘦且小。水乡人都识得水性，许多多也不例外。不过打懂事起，许多多再不打赤膊，就算大伏天也是；当然更不会和别人一起去游泳了。

　　许多多名字取得好，可是家里要啥没啥。破破烂烂的土坯房，父母早亡，也没有个兄弟姐妹。他勤快，破屋子收拾得干干净净，身上也整洁利索，没有一点不修边幅的邋遢样。虽然力气比不得人家，侍弄庄稼却是一把好手。他插秧不用秧绳，棵棵秧苗一般高一般齐，间隔距离一致，速度还快，让人不服气不行。也有人会取笑他：双面琵琶，你庄稼活再好，没有好地也白搭。说这话是因为许多多都三十岁了还没有娶上老婆。媒婆说了一个又一个，就是不成。姑娘看见了许多多的模样不是掩嘴偷笑就是气呼呼走人。就在人们都以为许多多会打一辈子光棍儿的时候，许多多却白捡来一个老婆。

　　新娘一露脸，村里人都傻了眼：那叫一个俊啊！高挑的个子，粉嫩的脸颊；抿嘴一笑，村里男人的七魂六魄都跑了。男人们眼热得不行，回去看自己的老婆横看不顺眼、竖看惹人厌，直后悔自个儿咋不去河边溜溜呢，让双面琵琶捡了便宜。女人们心眼多，她们觉得很可疑：许多多能娶到这样的老婆，其中一定有隐情。莫不是有了"馅"，被别的男人甩了，然后投河自尽，然后被琵琶救了？于是一双双眼睛像雷达似的在新娘子肚子上扫，还别说，那腰围似乎有点异样。这下女人们的心理得到了平衡。

许多多却整天乐呵呵的，捡了宝似的，洗衣做饭，甘心情愿伺候女人。七个多月女人生下个大胖小子，许多多更加把女人当宝贝一样呵护。这下女人们眼热了，对着自己的男人数落：你瞧瞧人家双面琵琶，对老婆多好。男人一翻白眼，你也去河里淹一次？女人就跳起了脚，你这死鬼，你巴不得呢。

谁知道好景不长。在一个安静的清晨，女人竟然抱着孩子走了。村里人都为许多多叫屈，一起簇拥着赶到了汽车站。许多多满脑门儿都是汗，挤进人群立着脚找，总算把女人找着了。女人看见许多多撒腿就跑，许多多冲上去一把抱住了她。女人满脸羞愧，一下就跪下了，说大哥，今生我对不住你，下辈子做牛做马还你。许多多一把扶起女人说，妹子，你千万别那样说，今生遇着你是我的福分。我知道你放不下那边，要走我不会拦你。这里有200块钱，你拿着。等你安顿好了，回来把手续办了。说完许多多扭过了脸，一颗颗泪珠"啪嗒啪嗒"掉。在场的女人都抹起了泪，男人在心里暗暗骂他。

女人含着泪一转身没入人群。许多多怅然若失地回到家，整个人像傻了一样。村里人都劝他，留得住人留不住心。别多想了，想坏了身子骨划不来。许多多冲众人一抱拳说，谢谢各位好意。我没事，你们都回吧。人们唉声叹气地离去了。

许多多摸摸桌子，摸摸灶台，看看斑驳的墙，看看院里咕咕叫的鸡，看看墙边支起的竹竿——那里曾像万国旗一样飘着孩子的尿布……屋里还弥漫着女人的奶香和孩子的尿臊味，这些曾让他多么幸福。泪再一次爬出眼眶，他洗一把脸，咬咬牙拿上锄头下了地。临近中午，人们都陆续回家了，许多多却不想回去，变成了一道孤独的风景，一道被遗弃的风景。

多多，你快去看看，你家女人回来啦！是隔壁的李嫂扯着大嗓门儿在喊。"当"的一声锄头落地，许多多飞快地往家跑。可不是，屋里飘出饭香，女人抱着孩子倚着房门冲他微笑哩！

许多多乐了，脸上落满了阳光。

能不能再为你跳一支舞

○积雪草

遇到他的那年，正是她最落魄的时候。母亲生病住在医院里，需要很多钱，可是她什么都没有，除了一张漂亮的脸蛋，再就是会跳舞，除此别无所长。

她在歌厅里找了一份给人伴舞的差事，每晚像那些歌手一样赶场子，多跳一场，多赚一份钱，很辛苦。等攒够了给母亲做手术的钱，就不用这样东奔西跑了，就不用在这样红尘滚滚的地方浸泡了。

伴舞其实是一种陪衬，舞台上的灯光和台下的目光永远都是给歌手准备的，她习惯了像一棵小草一样，在舞台的边缘不受关注，然而，她依旧跳得专注而投入。

那段时间，台下的观众其实很少，不停更换，唯有他每晚必来，专心致志地盯着她看。大家都笑，说那个"粉丝"爱上她了，因为他有时会买了百合、郁金香之类，孤单的一朵，等她跳完了，把花送给她。

可惜她并没有心情和时间浪费在这样小情小调的事情上，有时候会把花插到同伴的衣襟上或口袋里，有时候直接把花丢在垃圾桶里。夜夜来这种欢娱场所闲泡的人，想来也不会是什么正经人。

说不上喜欢或不喜欢，但从那时开始，她每晚跳完最后一场，赶末班地铁回家的时候，总能在车上与他不期而遇。他淡淡地笑，说："你跳得真好！"她点点头，也不回言，冷漠地看着车窗外一闪而过的夜色，漠然地想着心事。有一次，因为困倦至极，竟然在午夜的电车上睡着了，头歪在他的肩上，睡得很沉很安逸，到站居然都没有醒。他叫醒她。她揉着惺忪睡眼，忘了身在何处，转头看他。他笑了，笑容温暖而美好。她释然。

他陪她下车，试探地问："我送送你吧？你一个人回家，我不放心！"她失笑，心想：这个人迂腐至极，你不放心我，难道我就放心你了吗？她摇了摇头，道谢。然后一个人往家里跑，跑着跑着，就站住了，回身往后看，一个模糊的轮廓，依旧站在路灯下，向着她离去的方向。她心中有一种暖，像烟尘一样，慢慢散开，飘摇，把心中填充得满满的。

后来听人说，其实他跟她并不同路，每晚陪她坐地铁回家，然后再原路返回，去歌厅门口开停放在那里的车。她是单亲家庭长大的孩子，身上的铠甲坚硬无比，但在这一刻，竟然渐渐软化。有一个人挂着你、念着你、想着你，总是美好的事情。

她不再像小刺猬那样，竖起身上的刺扎他、抵御他、防范他，相反，倒是生出淡淡的依赖。在台上看到他坐在台下，她的舞姿就会曼妙如花。

她开始试着接受他。他送她的花，她不再丢掉或送人，而是拿回家里制成干花标本，已经有九十九朵了。他带她去吃夜宵，她也去了。两个人在夜摊吃面条，看着彼此不雅的吃相，指着对方，忍俊不禁。他捉住她的手问："带我去看看你的母亲吧？等她老人家好了，我们就结婚！"她羞红了脸，问他："你不嫌弃我没有正式体面的工作？"

他说："我就喜欢看你跳舞。"

后来，他不再来看她跳舞，也不再送她回家。有人说他结婚了，在街上看到他跟太太手牵着手。她的心疼起来，一直疼得流出了眼泪。这样的娱乐场所认识的男人，自己居然傻到相信他。你再好，人家也不过是拿你解闷而已，而你，居然当真？

她想把他忘记了，却常常不由自主地想起他温暖敦厚的笑容，想起他夜色中模糊挺拔的轮廓。她把那些制成标本的干花拿出来，用剪刀剪成细碎的粉末，然后撒到风中……

折腾了一段时间，渐渐把这个男人压到心底，轻易不会再把旧事翻出来。转年，母亲做了手术。病愈出院，家里又多了笑声和烟火的气味。

她还在那个歌厅伴舞，母亲说："我病好了，不再需要很多钱，你不要再去跳了。"她笑嘻嘻地说："我喜欢跳，一直跳到跳不动了为止。"

其实，她的内心里还是隐隐地期望他能再来看她跳舞，可是他一次都没有来。

绝望了，也就不再跳舞了。她有了新的男朋友，两个人一起去一个云南人开的店吃米线，遇到旧时在一起跳舞的姐妹。她把她拉到一边，回头看一眼坐在桌边斯文的男人，神神秘秘地说："我找了你好久，都没有找到你，你怎么把手机号码换了？还记得以前对你很好的那个粉丝吗？他瞎了一双眼睛。你幸好没有和他在一起，不然怎么活啊？"

她怔住，一瞬间，觉得窒息，像鱼一样大大地喘了一口气才问："怎么回事？"女友沉吟了半天才说："有一晚他去送你回来，不小心掉进路边施工挖的沟里，独独伤了眼睛……"

再见到他，是在一幢普通的居民住宅小区的五楼，她轻轻地推开门，他站在门边，侧着耳朵问她："你找谁？"她把手伸出来，放在他的眼前晃了晃，他并无知觉，她的眼泪就流下来了，说："我能不能再为你跳一支舞？"

他呆住了。沉默。半天，点了点头。

她把碟片放进 DVD 里。音乐响起，她第一次在舞台之外为唯一一个观众跳舞。

我是你的茉莉

○童 话

搬到新的小区，最先认识的是一楼的一对老夫妇，几乎每个黄昏都会碰到他们。男人略瘦，戴着眼镜，穿着整洁的羊毛衫或白衬衣，外面加一件枣红色毛背心，全身散发着淡淡的书卷气。他终日坐在轮椅上，手里总是拿着一本书，口中念念有词，不知道在说些什么。后来才知道，男人半身不遂，而且神志不清，镜片后的目光是呆滞的。

女人推着男人。女人有着和善慈爱的脸，微胖，皮肤白皙，头发花白，眉目依稀清秀，年轻时必定是个美丽的女子。她推着他，走得很慢，走走停停，路过花、树或玩耍的孩子时，会低头轻声跟他说些什么，温柔地、耐心地。她并不介意他听不懂。她总是微笑着慢慢将他推到小区花园中心一个可以停下来休息的地方，停留在暮春温暖的黄昏里。

我常常在这个时间路过那个小花园，看到他们时，总会忍不住停下来，羡慕地注视着他们——必定是相濡以沫多年的爱人，相亲相爱走过了漫长的光阴。

邂逅的次数多了，我开始主动和她打招呼。

她很和气，也爱说话，时间长了，会问一问我的生活、工作，甚至开些小玩笑，问是否有男孩子追我……一个很可爱的老太太。

因为熟悉了，慢慢知道了他们的一些事情，比如，男人是两年前患病的，然后就再也没有站起来。男人年轻的时候学问好，人也帅。她曾经是他的学生，对他爱戴而仰慕……

说起从前的时候，她的神情里甚至带着小女孩的羞涩和欢喜。

我微笑倾听，心想：他们的故事果然和我想象的一样。后来也慢慢听清了男人口中絮叨的词语，是一个名字：茉莉。他断断续续地唤着，充满依赖地一声声唤着。原来，她叫茉莉。原来，一个男人在这种时候依然能记得爱人的名字。

那天，我下班回来，迎面碰到她推着他走过来。走着走着，他忽然很大声地喊：茉莉、茉莉……语气混乱而慌张。

原来，他手里的书掉到了腿上。她赶快拿起书递到他手中，握着他的手，小声安慰他。

他安静下来。她微笑着怜爱地看着他，像看着一个时刻依赖自己的孩子。

我忍不住说：阿姨，您的名字很好听。

她却笑着摇了摇头：丫头，那不是我的名字，他不是在叫我。

我愣住了。终于知道了真相。

很多年前，她是他的学生，爱上他的儒雅和学识。而当时他已经娶妻生子，他的妻子叫茉莉，和他青梅竹马。她出现得太晚了。

可是，她爱他，无力自拔，只好默默守候，咫尺天涯。

一年又一年，她爱不上别的人，只能孤单地默默地爱着他。她不再年轻，额角有了皱纹，渐渐发胖，头发变白……她和他生活在同一个城市，远远地看着他，不打扰他，也没有嫁人。直到三年前，和他相濡以沫几十年的妻子去世了，半年后他突发疾病，失去了健康、思维，还有记忆——这世上，他唯一记得的，是妻子，还有妻子的乳名。

她在这样的时候来到他身边，她决定照顾他，以妻子的名义。

他的儿女被她的举动震惊了，更被她的情意感动了。

她真的做了他的妻子。在他73岁、她68岁的时候，她嫁给了他。她握着他的手，贴在他耳边轻轻对他说：我是你的茉莉。

　　暮春的黄昏，有风吹过，不知名的花树上落下粉红色花瓣，如同一场花瓣雨。她微笑地站在花瓣雨中，向我讲述这样的爱情。她的神情中没有最美的年华错失了爱情的遗憾，没有爱了多年却得不到回报的委屈，只有如今守候在爱人身边的快乐和满足。

把领导的孩子养胖

○ 魏得强

孙眼镜和领导住一个小区已经整整两年了，可还是小兵一个，领导一点没有提拔他的意思，这几年辛辛苦苦下的工夫都白费了。为了能和领导住一个小区，孙眼镜可是费尽了周折，四十岁不到，头发都掉得差不多了。要不是老婆做生意支持他往上爬，他可玩不起。

就在上次，各科室的提拔，又没有孙眼镜的份。因为工作上的事，领导还当面把他训了一顿，气得孙眼镜牙根直发痒。

看着富态风光的领导，孙眼镜越想越气，对，报复他。

孙眼镜的儿了和领导的儿子是一个班级。像选择住房一样，让他们一个班级，其实这事儿也是孙眼镜的精心安排。可这不争气的小家伙让孙眼镜同样抬不起头，成绩总不如领导儿子好。难道这也是遗传的结果？可孙眼镜又琢磨了：领导的儿子瘦得跟猴子一般，一点也不像他老子呀。

忽然，孙眼镜眼前一亮，想出一个报复妙法。他近段看了一篇报道说，肥胖可以导致儿童智力低下，严重者会产生痴呆。孙眼镜一拍大腿：何不把领导的孩子养胖呢？把你儿子弄成个弱智，看你还风光不？

说干就干，孙眼镜决定把领导的孩子的智商"截杀"在小学阶段。可心里一盘算，孩子在人家手里，又不是气球，怎能说胖就胖了。不过孙眼镜这几年毕竟没少研究心理学，官没有当上，能力倒提高了不少。

第二天，孙眼镜跑到商店买了一箱可乐给领导家提过去了。

又不是过年过节，领导过意不去。孙眼镜还是像往常一样谦卑："孩子他舅经销这种饮料，送多了喝不完。"这么一说，领导就爽快地打开了。

回到家里，孙眼镜高兴得在沙发上打了个滚。报纸上介绍，像这种垃圾饮料，每天喝一瓶，一年之后就可以增肥十公斤。"嘿嘿，我只要坚持送你儿子喝一年，你就等着瞧吧。"

可是一个学期过去了，孙眼镜还是看不出明显效果。眼看孩子就要小学毕业，再实施计划就难了。他决定双管齐下。以前，两家的孩子都是一块跑着去上学，活蹦乱跳的，能量消耗不少。为了把领导的儿子养成弱智，孙眼镜一咬牙，把自己的摩托车换成了小轿车。买小轿车的当天，他对领导说："局长，现在交通太乱，容易出事。你又忙，孩子上学的事你就别操心了。送一个是送，送两个也是送，这个光荣的接送任务就交给我吧。"领导当然不知是计，握着他的手夸他懂事。从此，孙眼镜每天多了一个任务，就是接送孩子上学放学。至于自己的儿子，每天早晨起床后孙眼镜都领着他绕小区跑两圈——他不想把自己孩子也养胖了。

随着研究的不断深入，孙眼镜的知识越来越丰富，知道垃圾食品除饮料之外，还有肯德基。到了星期天，他就主动领着领导的孩子光顾市区的肯德基店。这小家伙也非常听话，慢慢地喜欢上了这种垃圾食品。孙眼镜幸福地看到，领导的儿子每天都喝可口可乐，每周都去吃肯德基。领导也乐呵呵地说："我儿子爱上美国食品了。反正将来也要送他到美国去，先培养培养饮食习惯，这样也不错嘛！"

就这样一年过去了，孙眼镜为了他的计划瘦了不少，头发也掉了更多。他发现，自己的阴谋慢慢实现了：领导儿子原来瘦猴一样，现在，谁见了谁说变胖了，走起路来也像他爹一样扭动起来。两个人走在一起，前面是一个大胖球，后面是一个小胖球。效果更明显的是，领导儿子的数学成绩也下降了，上一次奥数比赛，他竟然没有被选上。

孙眼镜喜极而泣：真是功夫不负有心人哪。你领导风光一辈子，到你儿子那一辈，你哭鼻子去吧。沉浸在报复的快感中，孙眼镜对当官的感觉竟然慢慢地淡了，每天都吹着口哨自个乐呢。他想好了，通过儿子的关系，再想办法让领导的儿子早恋，彻底毁了他。

谁知这一天，领导突然要找他谈话。孙眼镜的心突突地跳得厉害——难道领导看出了些什么？

他小心翼翼地走进领导办公室，领导用肥肥的胖手先招呼他坐下，然后笑着说："老伙计，委屈你了，一直没有机会提拔你。这一次，你就先招呼后勤管理科吧，不喜欢我再给你调。"

孙眼镜被这突如其来的喜讯搞蒙了。他千恩万谢地走出领导办公室，忽然，他心内一咯噔：杀人莫如把人养胖。后勤管理科可是个肥差，领导是不是也想先把我养胖再说呢？

拉着小车散步

○赵 新

男人天天早晨扶着女人在小路上散步。

小路位于村西的山脚下。小路被他们日复一日、来来回回地踩踏，路面变得很光亮，很干净。

正是春天，小路两旁杨柳依依，桃杏累累，鸟语花香。

女人累得气喘吁吁，头上冒出汗来。

女人说：咱调头吧，调头回家。

男人笑了：你这个人说话真逗，还调头！你是汽车或飞机么？

女人说：不是调头是什么？是调屁股？

男人说：你呀，净抬杠。调屁股就调屁股，咱们调过屁股往家走！

他们回到他们那处黄土小院时，太阳刚刚出山。

男人把女人抱在椅子上，洗了洗手，开始做饭。

男人不会做饭。男人这一辈子最憷做饭。

男人问女人：想吃什么？

女人故意逗他：你能做什么？

男人的脸红了，憨憨地说：你别哪壶不开提哪壶——我那两下子你知道！

女人说：那就熬粥吧。你先在锅里添上两瓢水，然后烧火！

男人数着一、二往锅里添了两瓢水，然后蹲在灶前烧火。

女人说：水烧热了下两勺米，一勺大米，一勺小米。

男人又数着一、二往锅里下了两勺米，一勺大米，一勺小米。

女人说：搁碱，拿小勺，搁一小勺！

锅开了，一股浓重的米香在院里飘散。一只鸡跑进来，抻长脖子，要往灶台上跳。

女人说：打鸡，打鸡！

男人说：这个不用你嘱咐，我知道。这又不是做饭！

粥熬好了，男人去菜园地里拔了一把带着露水的小葱，还买回一块豆腐来。

女人高兴了：老汉，我给你出个题目，你知道小葱拌豆腐当怎么讲么？

男人说：就你聪明！小葱拌豆腐，不是一清二楚么？

女人哈哈大笑，笑出两眼泪水来。

男人说：只要你高兴，你就使劲笑。电视上说，笑比哭好！

他们吃饭的时候发现了一个大问题。女人一声惊叫：死人，这菜你没放盐么？

男人说：哎呀，你没有告诉我！

女人发火了：混蛋！我没告诉你，就是理由啊？我没告诉你，你咋知道你是一个男人啊？

男人慌了：老婆，你是病人，你千万别动怒！我想起来了，那个小葱拌豆腐是一清（青）二白，对么？

女人的气消了一大半：你呀你呀，你就会逗着我玩儿！

夜来了，月亮升起来了。从窗户口望出去，月亮很大，月亮很圆。

男人给女人洗了澡，铺了床，把女人抱进被窝。

女人哭了，呜呜咽咽抽抽泣泣，泪水映着天上的月亮，一副痛不欲生的样子。

男人说：你这个人一会儿刮风，一会儿下雨，谁又害着你啦？

女人捉住男人的手：谁也没有害着我，是我自己后悔啦。我早晨不该发火，不该骂你；我自己做饭也有忘记放盐的时候。将心比心，我后悔死啦！你也是四十多岁的人了，家里也是你，地里也是你，我还累着你，还挨我的骂……

女人说不下去了，女人泣不成声。一只蟋蟀很响亮地叫起来，和唱曲儿一样，给屋里增添了许多活力、许多生气。

男人说：这事还用得着赔礼道歉吗？你听那只虫儿都在笑话你。人家说打是亲，骂是爱，不打不骂土坷垃。两个孩子不在家，你不闹腾我闹腾谁？

女人说：我还把家里的钱花光了。你们挣个钱很不容易！

男人说：挣钱就是为了花，有挣有花才是光景，才是道理。光挣不花还有什么意思呀！光挣不花咱家里就没了变换，没了发展，就是一潭死水。有你在，咱就是一个团圆的家。我回来很温暖，出门挺踏实，所以咱那钱该花，花得值得！

男人话一停，那只蟋蟀又很响亮地叫起来，又和唱曲儿似的。

女人说：老汉，你这一讲我心里就透明了，亮堂得跟天上的月亮一样。我听你的话，好好治病好好吃饭，等病好了咱们好好过日子！

男人递过一条毛巾来：给，快把脸上的泪擦干净。

月亮升高了，女人带着满脸微笑睡着了。男人走到院里一声长叹，眼里的泪水喷涌而出。

秋凉了树叶黄了的时候，那条小路旁边起了一座新坟。

奇怪的是男人没哭。男人一滴泪水也没流。

男人天天早晨还在小路上散步。男人散步的时候推了一辆小拉车，车上铺了厚厚的被褥。

男人走到坟前说：来吧，上车吧，我用车拉着你遛弯！

男人说：你看这秋天多好，高粱红了，谷子黄了，瓜果香了，大枣甜了……

男人说：你说什么？调头？好，咱们调头回家。你还指挥着我做饭，咱们还熬粥，还吃小葱拌豆腐！

学 戏

○田双伶

这个故事，我想，是在我推开那扇半掩的木门时，像一把折扇缓缓地展开了吧？

那个闷热的下午，等母亲睡熟后，我悄悄爬起来，蹑手蹑脚地走了出去。

街上只有五岁的我在燥热的太阳下走，咿咿呀呀地唱着自己编的调子，没有人听，也没人听得懂。我走走看看，唱唱停停，仰起头在繁密的枝叶间寻着只听唱不见影儿的知了。我走进一条狭长的小巷里，走过一个个或半掩或深扃的门，忽然一朵白色的花轻轻落在我的头上，我停住了唱，抬头一看，一枝夹竹桃从墙里探出来。我轻轻推开旁边那扇半掩的木门。

院子里，一个女人坐在竹椅子上，惊讶地望着我。她身后是一株夹竹桃，叶繁花茂，像一把高擎的花伞遮起一片荫凉。

妞妞。她轻唤了一声，声音哑哑的。来，妞妞。她目光柔柔地朝我笑着，伸出手拉住我。刚才是你唱的吗？真好听。我教你唱戏好不好？

我看着她，尖尖的下颚，眉毛弯弯的，眼睛亮亮的。我点了点头。

"九尽春回杏花开……"她沙哑的嗓音，调却很好听。她唱一句，我乖乖地学一句，眼睛紧盯着她的咽喉，总觉得那里藏着一个丑陋的人在撕扯着她的嗓音。她笑吟吟的，站起身，踮起细长的手指摘下两朵白花儿插在我的辫子上，又在自己鬓旁插了两朵，然后拉起我的手，脚尖轻轻跷起，莲步轻移。我跟在她身后，随她轻盈地在夹竹桃旁翩然如飞。我们舞啊，唱啊，小小的院子成了我们的舞台。当白色的夹竹桃渐渐染上落日的曛黄，我听到不远处母亲焦急的呼唤声，心里一阵惊慌，就往外跑。

她追到门口，倚着门框幽幽地说，妞妞，还来啊！

母亲在小巷口见到我，把我紧紧地抱在怀里。乖，怎么跑这儿来了？

常常是在母亲睡熟后的中午，我就悄悄地来到女人的院子里，在那株夹竹桃下和她学戏。她爱唱秦香莲、白蛇的戏，哀怨的调子，嘶哑的嗓音，听起来更显得凄怆悲凉。唱着唱着，她的泪水就扑簌簌地落。我惊疑地看着她，都说戏里的人和事都是假的，为什么她会真的落泪呢？

五岁的我会唱好几段戏，邻居婶子大娘很是惊喜，来家里听我咿咿呀呀地唱，笑着看我煞有介事地弄姿作秀。那天，她们在院子里闲聊，忽然一位婶子对着身旁的夹竹桃惊叫了一声，母亲赶忙上前看，原来花萼处抽出一条青绿色的棒条儿。

不吉利啊。你们家遇上不净的人了，夹竹桃才长出这来驱邪的。

母亲扒开浓密的花叶，惊疑地看着那根棒条儿，眉头皱了好大一会儿，最后目光落到我的身上。妞妞这些日子老是自己跑出去，那天头上还插朵白花回来了。

几个女人霎时围住了我。我仰起脸，那一双双惊疑的眼眸里，一个个小人人儿在呆呆地和我对望。

那天中午，我仍独自跑到那个院子里。女人笑意盈盈地坐在夹竹桃下的竹椅上，膝上放着一个木匣子。

来，妞妞。她伸出长长的手臂，把我牵到她的面前。木匣子打开了，里面是盈盈亮亮的珠花，玉簪……她拿起一根带坠儿的簪说，这是步摇，插在头上一走路就摇晃。她将了一下我的头发，给我插到朝天辫儿上。妞妞，真好看。

忽然她的眼眸里闪过一丝惊诧，那里映出了一个人影。我回头一看，是母亲。

母亲叹了口气，从我头上拔掉簪子，递给女人，脸上微微浮起了一丝笑，只一瞬，便收回了，抱起我走出了院子。她蓦地站起，追上来，妞妞……

她扑倒在门框上，神色凄然地望着我们一步步离去。我用胳膊环住母亲的脖子，恋恋不舍地望着她，直到走出小巷。

母亲不再让我独自出门。我只有坐在石榴树下百无聊赖地翻画书，几天后便生病了，像只软塌塌的猫儿。那天，听见来串门的几个大人在说唱戏的"白兰花"。"……那个土匪看上她了，非得逼她嫁给他……也不知是谁给她碗里放的药……可怜啊！"在大人的长叹声中我断断续续地听着，白兰花……药……嗓子……克夫……听着听着就迷迷糊糊地睡着了。

入冬时候，县城里又唱大戏了。听说歇戏多年的"白兰花"要出场了，街上的人议论纷纷。我坐在胡同口的青石板上，又听到几个人说，当年她演《泪洒相思地》，唱哭了好多人呢。那软软的腰肢儿啊，那水灵灵的眼波啊！唉，可惜嗓子坏了，哪还有戏啊……

开戏那天，我跑到后台，在忙乱的人影中找到了那个教我唱戏的女人，她正静静地对着镜子往脸上打白色的底油，描眉，缠头，扎花……锣鼓响时，我急切切地挤到戏台最前面仰着脸等她出场。那次唱什么戏已恍然不知，只记得戏正顺顺当当地演得好呢，就在她落座时，有人一脚把椅子钩到一边，她一下子坐空了。台下顿时惊叫声笑声呼哨声混成一片……我呆呆地望着翻倒在地的她用水袖遮住了脸，眼里噙满了泪水。

初春后，我们家搬离了小县城，就再也没见过她。

隔了将近二十年的时光，一次半梦半醒中，我又推开了那扇半掩的油漆脱落的旧木门。那株夹竹桃依然盛开着一簇簇白色的花朵，微风吹过，一朵朵小白花扑簌簌地落在地面的青苔上。那儿曾经是我们的舞台，只是戏已经散场了。我恍然听见那个女人用她沙哑的嗓音在对我说，幽幽地宛如戏里的道白："请别为我的故事伤悲，也别为我的故事流泪。今生今世，我只是一个戏子，永远在别人的故事里，流着自己的泪……"

神医扁伦

○徐国平

整个浥城只一家药铺，就是妙春堂。

妙春堂的老板扁伦，善于配药，据说还是神医扁鹊的后裔。

扁伦父亲辞世早，因而他年岁尚轻就挂牌行医，很多同行瞧不起他。那年，浥城人传染了一种奇怪的瘟疫，死了不少人，许多药铺都束手无策，就连扁伦也关了店门。五日后，扁伦一脸蜡黄，终配制出药方，分给患者服下，不出一日便药到病除。只是扁伦尝药太多，险些坏了身子，调剂半月才恢复气力。

胡大棒原是土匪，杀人越货，恶事做绝；后投靠国民政府，混了个司令头衔。他调任浥城没几日，就来到妙春堂。原来他得了一种花柳病，久治不愈，虽连娶八房姨太太，仍无己出。

扁伦面色淡定，带胡大棒到内室观望片刻，就配出药方。

胡大棒砍过好几个中医的人头，见扁伦这么从容，边提着裤子边威吓说，若是糊弄本司令，小心我毙了你。

扁伦微微一笑，医者父母心，我不管你是司令还是叫花子。

两个月过后，胡大棒亲带一队卫兵，还动用了军乐队，吹吹打打来到妙春堂。原来，胡大棒顽疾痊愈，八姨太还有了身孕。

胡大棒欣喜过望，下令浥城只准妙春堂一家挂牌行医。

扁伦也没想到会是这个局面，再三劝止，可胡大棒一意孤行。

这天，扁伦正在内室给一病人问诊，警察局派人来请。扁伦便被带到监狱，只见牢房里躺着一个血肉模糊的年轻女人，四肢都被打折。

扁伦于心不忍，忙正骨定位，并取出跌打药敷在女人的伤处。

女人脸上浮现出感激的笑容。

扁伦同情地问他，你一个弱女子，何苦这般吃苦受罪？

女人语气一下子变得铿锵起来，为求天下劳苦大众翻身。

扁伦一怔一怔的，有些不懂女人这话的意思。但他还是尽心给那女人换药疗伤。胡大棒发话，不能让那女人死了，要活口。

一日晚饭后，扁伦有些乏困，正想歇息，前堂跑腿来敲门，说有人登门求医。扁伦随即到前堂，见是一身材魁梧的中年男子。扁伦问病在何处，那男子一脸焦灼，说病在心处。扁伦便带他到内室。正要把脉，那男子见无他人，直言道，久闻先生医德仁厚，为人正直，能否帮我办一件事情？扁伦有些警觉地问，啥事？那男子轻声说，救我一位同志。

扁伦慌忙吩咐跑堂看好大门，不经允许谁也不许进来。内室的灯亮了半宿，扁伦才开门亲自将那男人送走，并一再叮嘱他，照方吃药。那男人鞠躬回谢。

日上三竿，扁伦拎着药箱又去监狱。这回给那女人煮了一碗汤药，说是调理身体。午饭过后，扁伦正靠在椅子上小憩，被警察局的人闯进来惊醒，说那女人不行了。他慌忙赶到监狱，见那女子面色惨白，口鼻蹿血，气脉皆无。扁伦对一旁的胡大棒摇了摇头，说，女子体弱，难堪重刑，内脏俱裂，气息全无。

胡大棒大骂了手下一通。那女人当即被抬出监狱，草草扔到了荒郊。

隔日，扁伦来到胡大棒府上，说要出城采购草药，求司令通融一下，开张特别通行证。胡大棒应允。

有了特别通行证，扁伦他们一路畅通无阻。几日后，就来到一处遍山开满映山红的山脚下。为首的那魁梧男人，激动地握紧扁伦的手说，药材安全到达苏区。太感谢您了，扁先生！

身旁一个后生，甩手扯下头巾，露出一头飘逸的秀发，也攥住扁伦的手，感激万分地说，死而复生。扁先生，真是神医啊！

扁伦开怀一笑说，言重了。救人疗伤本是医者本分。你一弱女子胸怀天下苍生，铁骨铮铮，更是不让须眉啊！

原来，那女人是浥城的中共地下党，叫方晓，为苏区红军筹集了一批急需药品，只是没等送出，就被叛徒出卖了。幸亏她将药材藏在一处只有自己知道的地方。地下党十分焦急，多次派人相救，都未成功。后来打探到扁伦跟胡大棒的特殊关系，浥城地下党魏书记便冒险到妙春堂，一番话语立马打动了扁伦。

扁伦苦思了半宿，配制出阴阳汤，便告知了魏书记详细营救计划。

果然方晓喝下阴汤，慢慢便气息皆无，形同死人。早已守候在监狱外的地下党，立马将方晓救走，灌上阳汤，没出半个时辰，方晓竟气息贯通，如同从熟睡中醒来。

李大个子

○警 喻

黑瞎沟的冬天，雪特别大。十天半月下个不停，呼啦啦的西北风夹着雪面子没头没脑地刮着，天地间就像被大雪卡住了，冻成了冰坨坨。

人们就像熊瞎子一样，缩在"洞"里开始了漫长的猫冬生活。

黑瞎沟的冬天是外面冷屋里暖，家家户户屋里都支个大铁炉子，把松木拌子丢进炉子里，用松树明子一点，屋子里一下子就热乎起来。出外面尿尿能冻成冰，回到屋里就得脱光了膀子。

这个时节是黑瞎沟的李大个子最开心、最活跃的时候。

李大个子有三个特点：喝酒不要命，耍钱敢赌命，抽烟不顾命。

李大个子喝酒很少吃菜，主要下酒菜就是咸鸭蛋。他用一根筷子吃鸭蛋，把鸭蛋磕个窟窿，用筷子扎一下，拔出来用嘴一吮，喝一口酒，一个咸鸭蛋能喝三顿酒；李大个子看纸牌能达到出神入化的境界，偷牌送牌易如反掌；李大个子抽烟不抽别的烟，清一色亚布力的蛤蟆头子。就凭这个，在黑瞎沟的沟里沟外方圆十里算是名声在外了。

每到猫冬时节，南北二屯的赌徒便像赶集似的聚到黑瞎沟来会李大个子。李大个子也仗义，能赌的则赌，不能赌的也是好酒好菜招待，有口福的还可以讨袋亚布力蛤蟆头子烟抽。

于是，"以赌会友"的人就愈来愈多。

在黑瞎沟赌钱不用担心被抓，黑瞎沟坐落在深山老林里，处于"三不管"地带，又没个正经道，加上大雪封山，就是用八抬大轿去请，公安人员也不一定会来。黑瞎沟是赌博的黄金地带。

俗话说：人怕出名猪怕壮。李大个子善赌就遭了忌妒，赢钱的不服他，输钱的找人和他比试。李大个子的仇家就多如牛毛。

这天，李大个子正在看纸牌，从外面进来三个人。

李大个子的牌正看得如火如茶，他摞了三套喜：龟喜、红喜、江喜，是把三番牌。李大个子非常投入，全然不知地下还有三个人，李大个子和完牌，高兴地压上一锅子亚布力蛤蟆头子烟，摸起火柴，里面一根火柴也没有了，就问："谁有火？"

地下站着三个人之中，有个五短身材的车轴汉子，抖了一下帽子上的雪，说："要火，我这儿有。"说着，就把手伸进炉子里，用大拇指和食指夹出一块红红的炭火。

李大个子看在眼里，心里一打闪儿，他知道来者不善，心里盘算，这三个人的来头一定不小。要是被这个下马威镇住，后果将不堪设想。想到这儿，便说："你先拿会儿吧，等我抓完这把牌。"

旁边站着的两个人就要冲上来，车轴汉子的另只手一摆，示意他们不要动粗，脸上毫无表情地说："别忙，慢慢抓。"

屋里的空气一下子凝固了。

此时，只有咚咚的心跳声和炭火烧手的吱吱声。

十七张纸牌如同厚厚的木板，上上下下翻动着，每抓一张牌如同抬一副棺材那样沉重。牌终于抓完了，李大个子把裤腿往上一撸，露出白花花的大腿，用手拍了一下大腿，说："兄弟，来，放这儿，看完这把牌再抽。"

车轴汉子万没想到李大个子会来这手儿，迟疑了一下，把炭火放在了李大个子那白花花的大腿上。

炭火在大腿上肆无忌惮地燃烧着，屋里就飞满了二月二燎猪头的味道。

三个人哆嗦成一团。李大个子却没事一样，就像那炭火放在了别人的腿上，他出牌行云流水、挥洒自如，技艺发挥得淋漓尽致。

在李大个子的眼里，那炭火如同饰物粘在腿上，居然产生十分的美感。

李大个子把"饰物"往旁挪了挪，用食指蘸了蘸热乎乎鲜亮的油脂，用舌头舔了一口，回手摸起酒瓶子，咕咚咚地喝了一口。

车轴汉子心里一哆嗦，一抱拳，说："大哥，后会有期。"

李大个子说："慢，兄弟，等我玩完这牌，咱们哥们儿喝一口。来到舍下，没啥好嚼裹儿，凉水温成热水，暖暖身子。"

车轴汉子扇了自己一耳刮子，说："小弟有眼无珠，不知深浅，还望兄长海涵。"说完，领着那两个人，推开门，消失在白茫茫的风雪之中。

李大个子把牌一摔，抄起酒瓶子往腿上的炭火上一倒，"刺啦"一声热气升腾，疼得李大个子倒在了炕上，豆粒大的汗珠滚了下来……

天使猫

○小 兰

一只高傲的猫走过美丽的花丛，他没有爱上任何一朵鲜花，他爱上了一只紫色的蝴蝶。

花们向猫展示着美丽，猫却对着蝴蝶说："我爱你。"蝴蝶用她紫色的微笑说："我爱的是强者，你知道山林中的虎吗？他是真正的强者。"

猫走了，他去了山里，他要证明自己是强者。猫找到了虎，他义无反顾地和虎相斗。虎一爪就结束了战斗。猫在死前用尽余力咬掉了虎的鼻子。虎输了，猫也死了。

猫见到了上帝，上帝告诉猫："你有 9 条命，现在剩下 8 条了。"猫回来见蝴蝶。

蝴蝶问猫："你真的爱我？"猫点头。蝴蝶说："我从没有见过喜马拉雅山的冰花，你愿采给我吗？"猫走了，他去了喜马拉雅山。但他的皮毛太薄，还没有采到冰花就冻死在途中。上帝告诉猫："你剩下 7 条命了。"猫知道自己的皮毛太薄，不能采到冰花，于是他求上帝帮他。上帝说："你要用一条命换一朵冰花。"猫爽快地答应了。他得到了冰花，也失去了一条命。猫带回了冰花，蝴蝶很高兴。

蝴蝶说："我喜欢海底的紫色珊瑚，你能给我吗？"猫去了海里，但他不会游泳，很快便溺死了。猫又见到了上帝，他求上帝给他紫色的珊瑚。他愿意用一条命换。他得到了紫色珊瑚。猫只剩下 4 条命了。他带着紫色珊瑚回来见蝴蝶。

蝴蝶很开心，但她说："你真是一只很优秀的猫，如果你能让天空划过一颗彗星，我就会爱上你。"猫很无奈，他怎么也想不出如何让天空划过一颗彗星。这时他想到了上帝，但他知道只有死了才能见到上帝。于是猫毫不犹豫地一爪刺破了自己的心脏。猫见到了上帝，他说："万能的上帝，您能给我一颗彗星吗？我愿给您我的一切。"上帝说："你只剩下3条命了，如果你全部给我，我就让天空划一颗彗星。"猫说："我愿意，但我希望您能让我回一次人间。"上帝答应了。猫回去了，他带着蝴蝶来到一个大平原。夜里，一颗明亮的彗星出现在天空，绚丽无比。

蝴蝶看到了美丽的彗星，她觉得猫很伟大，她爱上了猫。猫现在连一条命也没有，他知道他的生命会随着彗星消失。他爱蝴蝶，而且现在蝴蝶也爱他。但猫已经失去了和蝴蝶相爱的能力了。

猫对蝴蝶说："其实我不爱你。"蝴蝶哭了，她恨猫玩弄她的感情。猫走了，他要趁彗星还没消失赶快离开。

彗星终于消失在天边，猫也消失了。猫见到上帝了，上帝说："你已经一条命也没了。为了爱情，值得吗？"猫犹豫了好一会儿。他觉得即使再做一次选择，他仍然会这么做，只是他很不甘心，但已无能为力。

上帝告诉猫他可以去天堂，当一只安琪儿。但猫却选择去炼狱，他说："我去炼狱一千年，能再给我一条命吗？"上帝说："没有这个先例，所以不行。"

猫恳求道："只给我半条命。"上帝答应了。猫在炼狱中战斗着，黑暗、孤寂、恐惧与无休止的争斗每天都像一把把尖刀刺向猫的心脏。猫成了炼狱中的阿修罗。连上帝都觉得猫已经成为冷酷战神。

一千年的战斗，一千年的苦难，一千年的冷血，一千年的柔情，一千年的等待，一千年的铸炼。

一千年了，猫从炼狱中出来，阿修罗又变成了安琪儿。猫拖着半条命回到人间。他找到蝴蝶，对她说："我很爱你。"蝴蝶却不相信猫，她还恨着猫。

蝴蝶说："除非你死在我面前，不然我不会相信。"猫笑了，笑得很悲伤。因为他只有半条命。猫掏出了心脏，他将自己的泪滴在心脏上。

蝴蝶知道猫没骗他。蝴蝶说："猫有 9 条命，你还会回来的，尽管那时你只有 8 条命，但我们却能好好地相爱。"猫说："我回不来了，我连半条命都失去了。"阿修罗失去了斗志，安琪儿没有了爱之箭。阿修罗终于被炼狱的洪水吞没，安琪儿也迷失在云雾之中。

猫在天堂对着蝴蝶说："上帝给了我 9 条半的命，但我的爱却需要 10 条命，我没有另外半条。如果炼狱中的一万年，能给我另外半条命，我会再做阿修罗。"

蝴蝶流着紫色的眼泪说："虽然那时我们的爱只剩下半条命，却是一万年。"

哥买的不是菜，是寂寞

○张艳茜

上班时，我习惯开着办公室的门窗，通风，也敞亮。如果遇上抽烟的客人，不至于我因他而临时开门窗，表现出不礼貌。所以，当这个男人上到四楼向同事询问着找我时，我先听到了。

我站起身，主动将这个男人迎进门来，却一时反应不过来——访客是谁？

近来，我的记忆力很是糟糕，那些不常接触、不常见面的人，再见时，与其握着手，却愣是想不起人家名字。这种尴尬时有发生。

这个来访者，我感觉是见过的，而且不止一次。可当下我无论怎么回忆，都想不起在什么地方、什么场合见过了。他不像是送稿件的，也看不出是来"泡文学话吧"的。于是，我微笑着，心里忐忑地等待这个男人说出找我的意图。

男人先讲述了找我的艰难，还不断地询问我和女儿近年的情况，我心存警惕地回答着。

终于，男人讲到了我曾经居住过的一处地方。此时，我才恍然大悟：这个男人曾经是我的邻居，多年前，我在那处居民小区生活了不到两年。那时，我们彼此见面仅仅是礼貌地点头微笑，不曾知道彼此的姓名。

听男人讲述了他艰难找我的过程之后，我等待着男人讲出找我的理由，但是没有。男人又开始讲述他的家庭情况——老婆随一家公司漂泊在外，男人一个人辛苦带大儿子。现如今儿子公派去了美国读书，"准儿媳"也随儿子去美国陪读。家里空落落的形单影只，就男人一个。

男人说完这些，又继续说，儿子很争气，即将获得博士学位。不久后，他将赴美国，参加儿子的毕业典礼。男人还说，我现在每天都在学习英语，我不能一句英语都不懂地踏上美国之旅。然后，男人不厌其烦地为我推荐网络上学习英语最好的视频。

男人一个话题接着一个话题，讲着讲着，就到了午饭时间。我客气了一下，留他中午与我一同吃工作餐。没想到男人积极响应，但坚持要请我。

午饭时，男人从他的经历进而讲到了他的工作。转业军人出身的他，在一个部门勤勤恳恳工作了二十多年没有挪窝。男人的工作很枯燥，对基层说，是重要的部门，可以直接听到最基层的呼声。对上而言，上面想听的，就是重要的；不想听，掰开耳朵灌也未必进得去。

男人说，那些来自底层人的委屈、痛苦的遭遇，我相信都是真实的。

男人叙述了几件事，其中一件我印象尤深：有一个在任十年之久的地方官，不久前上调高升。当地百姓因为地方官的高升，特意给上级部门送上了一封感谢信，感谢"送瘟神"——为当地清除了一害。

男人说这些时，嘴角向两边微微地上挑了一下。然而，只是瞬间的一笑，很快就恢复到一直的平静当中。

男人的形象倒是不像他说的明年就到退休的年龄。脸上有像是阳光晒出的斑点，衬衣的两个袖口很严谨地扣着扣子。偶尔伸一下胳膊，能看出手背黝黑皮肤与手腕之上的白皮肤有明显的"分水岭"。

有人约我下午见面。那顿饭一直吃到人家电话打来，男人的话题还没有结束。我只好礼貌地打断男人的讲述，然后起身回单位。没想到男人继续跟着我来到单位院子里。

我狐疑地询问，您是回家还是上班？

男人说，我今天下午没有事，回家呀。

我们向里走着时，男人继续说：上班、回家都是我一个人。儿子在家时，我上街买菜还有心情和商贩讨价还价。现在，我连买菜的心情都没有了，更不用说与商贩费神计较了。

从单位大门到我们办公大楼有一段路程，每走到院子里停放的一辆车前，我就以为是男人开来的汽车，但是，男人没有停下脚步。一辆一辆汽车从我们眼前过去，最后一辆汽车也已经在身后了。

我心里嘀咕，难道男人要继续到我办公室聊天吗？我做好了他与我同上办公楼的准备。这时，男人指着两座楼中间的狭窄过道说，我的车子放在那里。

哦，我这时才明白，男人是骑自行车来的。

一种伤感不禁涌上我的心头。我从没有认为，我这个所谓的正处级国家干部，没有专车是不正常的。我安于现状，也安于省作协这样边缘清贫的单位。可是，这个男人的工作岗位，的确是还算重要的部门，与核心领导有频繁接触的机会，是一个被人们看做真正是"衙门"的地方。他只要下工夫经营，我想，应该非常容易提拔、高升的。可是，这个男人正处级十多年了，兢兢业业，也默默无闻，甚至连部代步小车都没有。

前几天我还遇见多年不见的一个熟人，也是一位正处级干部，耀武扬威地开着公车，一副志得意满的神态。

我明白了男人脸上黑斑的来由，也明白了他的手与胳膊之间形成的"分水岭"的来由。

我目送着这个男人骑上自行车离去，一个形单影只的背影，凸显的是深深的寂寞。

老伴儿

○中 学

老伴儿对他太好了。

老伴儿走后，德胜老汉总觉得自己对不住老伴儿。风风雨雨几十年，老伴儿为他做的太多太多，而他为老伴儿做的太少太少。

老伴儿知道自己得了胃癌，日子不多了，对他就更好了，还悄悄地给他添置衣服。以前穿过的外衣外裤、内衣内裤，包括背心裤衩儿，一件一件地洗干净，叠好，放到柜子里。老伴儿说，够你穿两年的了。两年后怎么办？老伴儿没说。

任凭德胜老汉怎么劝，老伴儿就是不去住院。

老伴儿说，去了医院，我就回不来啦……把钱都糟蹋没了，你咋整？

老伴儿还说，德胜啊，我不怕死。人死如灯灭，两眼一闭，啥也不想，享福啦。我呀，就是不放心你，没有我伺候你，你可咋整？

德胜老汉抓住老伴儿的手，眼泪就止不住了。别说了别说了，你别说了……你不能走，我不让你走！

老伴儿还是走了。

老伴儿走了，给德胜老汉留下大半柜子替换的衣服。有外衣外裤，也有内衣内裤，包括背心裤衩儿，一件一件，叠得整整齐齐，码放在柜子里。

那些衣服德胜老汉舍不得穿哪！想老伴儿了，他就拉开柜门，看上一阵子，边看边对着那些整整齐齐的衣服说话。德胜老汉知道，他说的话，老伴儿一准听得见。身上的衣服穿脏了，德胜老汉就自己洗。有全自动洗衣机，洗衣服不愁。

三年过去了，老伴儿给他留下的衣服，他一件也没舍得穿。

日子流水样过去。德胜老汉 68 岁了。有人给德胜老汉介绍新老伴儿，他把头摇成了拨浪鼓。

介绍人走后，德胜老汉拉开柜门，和老伴儿说话。

德胜老汉说，你呀，弄了这么多衣服，就是怕我伺候不了自个儿。放心吧，我自个儿能过。

德胜老汉又说，你呀，就是个小心眼子。放心吧，我不找人了。你等着我，哪天呢，我就过去，过去和你做伴，啊？

又有人给德胜老汉介绍新老伴儿了。

介绍人说，我知道你还念着你前老伴儿，可这人死不能复生啊！

介绍人还说，你看那谁，还有那谁，都找了新老伴儿，人家过得多好啊！你也七十好几了，别太苦了自个儿哟！

德胜老汉说，我有老伴儿！

介绍人被德胜老汉吓了一跳，愣愣地看了他一会儿，转身就跑，再也不敢来提亲了。

德胜老汉又拉开柜门，还和老伴儿说话。说着说着，德胜老汉就过了 80 岁了。德胜老汉洗不动衣服了，稍微一活动，就大口大口地喘气。他说，真的老了。

德胜老汉说，老伴儿呀，这些衣服啊，去见你的时候我带不过去，我不能浪费了你的一片心哪，我穿，啊？

德胜老汉开始穿 20 年前老伴儿为他准备的替换衣服了。

每换上一件衣服，德胜老汉都要和老伴儿说上一阵子话。

德胜老汉是 84 岁那年去世的。

听邻居说，德胜老汉是看见老伴儿留给他的遗书后，心脏病发作去世的。遗书就夹在衣柜最下层的两件衣服中间，要不是那些衣服快穿完了，他还发现不了。

老伴儿在遗书中告诉他：你早点儿找个伴儿吧。有个人来照顾你，我在那边儿也就安心了……

课桌上遗落的初吻

○胡莉莉

胡茉茉何许人也？就是那个扎着马尾巴、穿着白裙子、有点近视的女生，是那种掉在人堆里很难再找到的女生。这样说吧，天上有多少星星，校园里就有多少胡茉茉。

遇见毕波是胡茉茉的一场劫数，注定逃不过。据胡茉茉回忆，那是个周末，毕波手里抱着一个球从女生宿舍楼下慢腾腾地走过。他穿黑色 T 恤，戴一顶鸭舌帽，帽子反扣着，"鸭舌头"遮着后脑勺，一看就像个不良少年。搞笑的是，一阵风吹过，一片金黄色的银杏叶不偏不倚正好"重重"地撞在毕波的鼻子上。他正想发火，突然看见了二楼阳台上胡茉茉正在朝他笑。呵呵，那真是灿若春花般的笑啊。那一刻，他觉得胡茉茉很美。她柔顺的头发在阳光下闪闪发光，她白色的裙子迎风飞扬，她干净的笑容、清秀的脸庞像是一块巨大的磁石，刹那间他的眼神竟不能移开。毕波的心里弥漫着一种温柔而美好的情愫，他抱着球弯下腰捡起了那枚银杏叶，在唇边停留了一会儿，愉快地朝胡茉茉打了个响指。

胡茉茉的脸涨得通红，当她意识到冲一个莫名其妙的男生灿烂地笑是多么错误时，已经晚了，她做了毕波的女朋友。要不然，毕波就每天晚上在她宿舍楼下唱自己"发明"的曲调以及令人牙齿酸倒的歌。胡茉茉对别人说，其实他挺可爱的，虽然有一点点无赖，一点点坏。那个时候，这个可怜的女孩已经喜欢上了这个"小混混"了，因为她语气中的温柔与宠爱与她眼波流转的娇羞散发着盈盈光彩。

有人说，对于相爱的人来说，冬天是最浪漫的季节。的确，下雪天并不寒冷，空气清冽得如同刚从冰箱取出来的雪碧。整个世界都没有一丝杂色，地上是毛茸茸的白，就像白兔的皮毛，最美的是那些银杏树，白中透着微蓝。还有校园中仿西式的建筑，那高耸的顶尖，线条明快得让人感动。

胡茉茉穿着柠檬黄的羽绒服拉着毕波在雪地上踩着图案。鞋底与疏松的雪层摩擦发出轻柔的沙沙声，让人心中升起了一种安静明澈的感觉。而童年所有在雪地上奔跑追逐野兔的记忆，此刻都和眼前的柔和安宁交错重叠在一起。毕波双手放在嘴边做喇叭状大声喊："胡茉茉，我喜欢你！"胡茉茉的脸被冻得通红，表情却相当甜蜜。她把手套脱下来，把手插在毕波的棉袄袖子里感受他的体温。毕波把她拥在怀里，认真地看着她的脸，"茉茉，我想亲亲你！""那你爱我吗？"胡茉茉调皮地眨眨眼。"当然。"毕波的呼吸扑在胡茉茉的脸上，近在咫尺，却戛然而止。胡茉茉奇怪地看了他一眼。"还是等我们一起考上大学吧。"毕波不好意思地搓了搓手，孩子般地笑了。

寒假来临了，胡茉茉回爷爷家过年，在另外的城市里，她是多么多么想念毕波啊。想念他的笑容，他手掌的温度，以及打完篮球他汗湿了的球衣的味道。看到他喜欢的东西都想买给他，觉得每一首情歌都在描述他们。胡茉茉买了好多无花果，这种外表丑陋却无比甜蜜的小果实，有许多细小的子粒。

新学期开始时，毕波带她看电影，吃无花果，吃得两个人又快乐又难受，这便是初恋的滋味吧。回来的路上，走过一棵大槐树下，他们目光交错，但是胡茉茉突然笑起来，想到两个人满嘴的无花果子粒，怎么能够接吻呢。毕波佯装懊恼地说："丫头，你欠我一个吻！以后要涨利息哦，我要一百个，一千个。"张牙舞爪状逗得胡茉茉特没淑女风范地哈哈大笑。

愉快的日子总是过得很快，转眼高考将至，毕波却无声无息地转学了。胡茉茉又气又委屈，眼泪在眼眶里打转，在宿舍躺了好几天。考完高考的最后一门，天空突然下起了大雨，胡茉茉出了考场就往雨里跑，雨水打湿了胡茉茉的衣服，也打湿了她的头发，脸上分不清是雨水还是泪水，一双白色的鞋子也被雨水打脏了。

后来，胡茉茉接到了省内一所师范学院的录取通知书。"还不算坏。"胡茉茉对妈妈说着说着竟流出了泪。她当时想的是那个该死的毕波。她妈妈还以为她嫌学校不好，还安慰她"也算是个本科"。

大学里，胡茉茉心如止水。安安静静地读书，上课，偶尔写点文章。毕业了又回到了她的母校高中，原来她是不愿意回来的，可妈妈说这样离家近些，父母就她一个女儿。胡茉茉便留下来安心做一名高中语文老师。

那是一个春天的下午，学校大扫除，当胡茉茉经过教室的时候，一年级的学生突然大声叫她。学生把她拉到一张很旧的书桌前。那是一张很旧的木书桌，放在教室的最后一排，已经被虫蛀得不成样子了，那上面的字却仍然清晰。胡茉茉看到了她的名字，和一些歪歪扭扭的字迹：胡茉茉，但愿你永远都别看到，如果你看到了，我就不会安心地走了。家里出了很大的麻烦。我必须离开，只是放心不下你，我想说，我爱你！我会再回来的，等我。

后面，有一个大大的唇印，印在另一只红色圆珠笔画的唇印上。那一刻，她惊呆了。这个已经为人师表的女孩子，站在那里一动不动，时间仿佛凝固了。

一行热泪流了下来……依稀中，仿佛看到了那个反扣着鸭舌帽的大男孩，张牙舞爪地说着你还欠我一百个吻、一千个吻呢。

偷阅他人爱情的人

○黄惊涛

整个光荣镇只有一个邮局，数千个信箱。我的舅舅吕易先生是我们这里唯一的邮递员。他不仅为光荣镇的居民们送信，大树林的鸟兽们也是他的服务对象。由于穿着一套绿油油的制服，经常使鸟兽们误把他当成是一棵移动的植物。有时，他背着邮包走进森林的深处，一些小鸟会落到他的头上，陪着他一路行走。

每年大约有半年的时间，我的舅舅吕易先生都在森林里忙活。等回到镇上时，有一次，人们甚至发现他的大盖帽上筑着一个小小的鸟巢。由树枝和羽毛编织而成的鸟巢里，一只翠鸟正在孵蛋。而由于身上、手臂上、胡须上都覆满了青苔，他看上去就像是一棵榕树。

他为猩猩们送去猴子的问候，为老虎去向狮子表示敬意，为野猪带去家猪的羡慕之情，或者为凤头犀鸟向白冠犀鸟传达爱意。每次他出现在大树林里，动物们就显得特别安静，纷纷走上前来，询问是否有自己的来信。他把各种口信一一带到，把那些贴着邮票的信件一一送达。

毫无疑问，我的舅舅懂得很多种动物的语言，并且还是个不错的翻译家。他巧舌如簧，经常穿越于各种语言之间，当然，他也随身带着一本厚厚的词典，碰到不能传译的地方，会趴在树根上翻一翻。有次，他在一群野牛和大象的冲突之间还临时充当了谈判翻译的角色，因他出色的转译，化解了这两个种群多年为争地盘而积下的宿怨。

由于他的好人缘，很多鸟儿也纷纷义务为他送信。喜鹊们负责为他报喜，传递快乐的消息；乌鸦们则专门负责报丧，传达战争、死亡的讯息；信鸽负责长途送信，只是有些信件的送达，需要整整一个冬季；金丝雀负责短途快递，它们总能在第一时间把信件递到；大秃鹰负责把信送到天空最高的云端花园，那里住着一只年事已高的倦鸟；鸵鸟负责沉重的包裹运输；而啄木鸟则负责将信用嘴巴送给住在古树里的虫子。

　　年复一年，我的舅舅吕易先生不停地穿梭于街道、鸟兽与草木之间。有好几年，我们镇上一个叫明昌的居民，经常让他送信给大树林深处的一棵树，那是一棵丁香树。

　　他爱上了那棵树。人们不知明昌先生为何会爱上那棵树，但我的舅舅吕易说，怎么爱上的不重要，重要的是已经爱上了。他说这是他见过的最奇特的爱情。每次，我的舅舅把信带到那棵树的身边，迎着风，帮着明昌先生把信念给她听。他时而大声朗读，引来野兽们侧耳倾听，它们有时亦被感动得泪水涟涟；他时而低声倾诉，风也跟着呜咽。这时候，我的舅舅完全变成了明昌先生，他也由此陷入了这场不属于他的爱情。只是那棵树无动于衷，也许她听到了，也许她在沉睡。她不说话，因为她是一棵树。

　　"从信中，我得悉明昌先生是如何爱上那棵树的。某一天，他在森林里打猎，一股异香把他带到了一棵曼妙的丁香树旁。那是一种独特的香味，据说，那就是爱情的味道。他迷恋上了那棵树，从此，他就变成了一个孤独的单恋者。"面对镇子上许多人的疑问，我的舅舅曾如此这般地解释明昌先生的故事。"其实，明昌先生并不是世界上最孤独的恋人，我还见识过各种各样的爱情。"

　　"你是怎么见识这些爱情的？"每当有人问我的舅舅，这个五十岁的单身汉，他总是笑而不语。后来有一次，我陪他喝酒的时候，他吐了一地，醉意朦胧中，他跟我说："在各种用火漆密封的信件中，我的鼻子会告诉我，哪一些信件是情书。爱情总有一种芬芳的气味，再厚的牛皮纸也包裹不住。透过那些信封，我甚至可以辨别出那些爱情的味道。单恋的爱情是一种苦涩的丁香味，热恋的爱情是一种浓郁而甜蜜的丁香味，经年的爱情是一种淡淡而绵长的丁香味，短暂的爱情是一种激越、奔放的丁香味，而绝望的爱情则是一种冰冷的丁香味。"

"当我的鼻子准确地告诉我哪些是有关爱情的信件时，我就会把它们拆开，先自己阅读一遍，然后再将它们原封不动地封好。"

他由此也得知了我们这个镇子里很多人隐秘的爱情：在真理大道旁开银匠铺的老鳏夫，很多人都认为他的爱情早在多年前就已经死去，殊不知他这些年一直爱着隔壁的老寡妇，他们虽然相距只有咫尺之遥，为了躲避他人的讪笑，只能通过信件传情；孤身一人活在这个世上的退役军人长洲先生，他的情人早已辞世，但他每月都给天国发去一封长长的信件，连我的舅舅都不知到哪里去投递；请别小看了那个终日在正义广场行乞的乞丐，每个季节的最后一天，他都把钱积攒起来寄给他乡下的妻子，他拥有属于他的平凡的幸福。

镇长家里的那个洗衣女工一直执著地思念着远航的一个水手，他们曾有过三天短暂的拥抱、瞬间的狂欢。为了使她得到慰藉，我的舅舅每月都冒那个水手之名，给她回信。他用尽了世上最甜美的语言和对于大海航行、异国他乡的想象力，试图勾勒一个漂泊者心中的爱情形象。每次在信件送抵的那一刻，看到那个女人将来信按在胸前的喜悦，他总把自己当成是一个爱情慈善家，以为他正在做着世界上最伟大的救赎。一度，我的单身汉舅舅发觉自己爱上了这个女人；一度，他试图去拥抱这个沉醉在爱情幻象中的女人。他立誓要永远以这种方式来爱这个女人，却常常害怕自己活得不够长，害怕在女人等回她的情人前自己因死去而不能再冒名写信了。

我的舅舅吕易先生在跟我说出这些秘密之后不久便失去了工作，并被送进监狱。他被抓的原因源于他偷拆某人的信件，读到伤感处，他滴下了动情的泪水，泪水打湿了很大的一片信纸。而收信者通过眼泪中的盐，辨别出有人私拆信件的痕迹，因为我舅舅眼泪中的盐，跟写信者眼泪中的盐相比，有一股不同的气味，收信者由此告发了他。

飞翔的纸蝴蝶

○郭震海

　　欧阳嫂做梦也没有想到她的剪纸作品能一夜成名。

　　在黄河滩村自古就有剪纸的传统，家家户户的女人都会剪纸，年年有鱼（余）、龙凤呈祥、春回大地……每年春节，家家都会在窗玻璃上贴上象征吉祥如意的窗花。夜幕降临，皑皑白雪中，映衬着红红的窗花，伴随着孩子们的嬉闹声，噼里啪啦的爆竹声，年味儿便愈来愈浓了。

　　欧阳嫂家的窗花总是清一色的蝴蝶花，贴在窗玻璃上，每一只蝴蝶都仿佛在草丛中翩翩起舞。来求欧阳嫂剪蝴蝶的人络绎不绝，热情的欧阳嫂来者不拒，只要来者拿够了纸，欧阳嫂有的是时间。

　　有一天，一位民俗爱好者将欧阳嫂的蝴蝶剪纸带到了一次全国性的民间艺术展上，一举夺得大奖，欧阳嫂和她的蝴蝶剪纸一夜成名。

　　出名后的欧阳嫂变得很忙碌，来自全国各地的民俗爱好者纷纷找上门来请她剪纸，而且每一次都会付上数额不等的酬劳。刚开始欧阳嫂不好意思收。来者说："收下吧，这是你应该得到的！"后来，欧阳嫂才知道这叫什么版权费。是的，活了半辈子，从小就跟着母亲学剪纸的她从来不知道什么叫版权，也是第一次听说，更不理解版权这两个字的意思。但她明白她剪的蝴蝶现在已经不是一幅简单的剪纸，而是钱，每动一下剪刀都是钱。

　　有了"钱"这个概念，在黄河滩村的窗户上就很少再见到欧阳嫂剪的蝴蝶了。欧阳嫂惜剪如命，后来明码标价，一幅蝴蝶剪纸三百块，出钱就剪，不出不剪。靠土地和打工为生的乡亲们没有多余的钱用来装饰窗玻璃，春节贴窗花只不过是图个吉利。三百块钱一幅蝴蝶窗花，这人肯定是想钱想疯了。欧阳嫂出了名，然而找她的乡亲却没有了。短暂的红火之后，外面拿钱让欧阳嫂剪纸的民俗爱好者也没有了，似乎把她遗忘了，欧阳嫂家的小院开始变得冷清了。

有一对中年夫妇突然找上门来，求欧阳嫂剪一幅蝴蝶。这让欧阳嫂感到意外。欧阳嫂说了价格，中年夫妇很犹豫地问能不能少些，欧阳嫂没有回答。中年夫妇最终买了蝴蝶剪纸。

几个月后，欧阳嫂住院做阑尾手术，遇到了一个患有白血病的小男孩。他只有五岁，尽管还在病痛的折磨中，但每一次化疗结束后，小男孩都会戴着口罩在医院的花园里玩儿。欧阳嫂坐在花园的凳子上，小男孩跑过来扑闪着大大的眼睛问："奶奶，您也不舒服吗?""是啊! 奶奶做手术了。"欧阳嫂说。"奶奶，医生给您打针的时候您哭吗?"小男孩好奇地问。"不哭，因为奶奶是大人了。""我也不哭，因为我有这个!"小男孩说着小心翼翼地从身上掏出一个纸蝴蝶，蝴蝶的翅膀上系着一条长长的丝线，小男孩用手拉着快乐地奔跑，蝴蝶就凌空飞舞起来。小男孩就像飞翔的蝴蝶一样无忧无虑。欧阳嫂看了看男孩手里的蝴蝶，可以确定这是她剪的蝴蝶，因为蝴蝶的翅膀上还有她做的一个小小标记。也许是为了防止盗版，剪纸出名后她对自己剪的每一只蝴蝶都要留下只有自己知道的标记。

"你的蝴蝶很漂亮，能告诉奶奶从哪里得到的吗?"欧阳嫂问小男孩。"爸爸妈妈给我买的，好贵好贵。爸爸妈妈给我治病花光了钱，我喜欢蝴蝶，他们借钱给我买的。我每一次看到蝴蝶的时候身上就不疼了。奶奶您也想要蝴蝶吗? 想要了我给奶奶做一只!"小男孩说着又拉着蝴蝶在草地上奔跑起来。

就在欧阳嫂准备出院的时候，小男孩离开了这个世界。在他的病床上凌乱地放着好多纸，还有剪刀。护士说就在给他实施急救的最后时刻，他手里还紧紧地握着那只纸做的蝴蝶。他让妈妈把手里的蝴蝶送给花园里坐着的奶奶，因为他没有帮奶奶做成蝴蝶。他说奶奶有蝴蝶就不疼了。

欧阳嫂流泪了。她回到家后一口气剪了无数个蝴蝶，一根火柴将美丽的蝴蝶化作一缕轻烟。她希望小男孩能收到她的蝴蝶。

又是一年春节到了，欧阳嫂很早就在院子里摆起桌子剪蝴蝶。那一年黄河滩村家家户户的窗户上又都贴上了红红的蝴蝶。除夕夜灯亮了，下雪了。洁白的雪花映衬着红红的蝴蝶窗花，整个村庄都在飞翔。

阿炳拜月

○徐慧芬

今夜可是良宵？唐人有诗：中庭地白树栖鸦，冷露无声湿桂花。今夜月明人尽望，不知秋思落谁家？落谁家，落谁家，我无家。唉，十五夜，家家都在吃着团圆饼，明月也照着我这身破衣衫。且让我操一曲，为这人间的悲和欢。

胡琴起，咿咿呀呀，忽缓忽急，忽泻忽收。明月、山泉，和着不尽的心思从指间流出。渐渐，街上游人围拢，侧耳倾听。

"叮啷当！叮隆咚！"一枚一枚铜钱从听者手中抛进一旁的瓦钵。

操琴者，姿势依旧，铜钱的声音未曾入耳，他已沉在梦中。

梦中的少年，身在惠山里，他采山间花草，也摘泉边树叶，放一片唇边，口中便有黄鹂画眉飞出。渴了，掬一把清泉，灌浇一下喉咙，也淋湿了眉眼和衣裳。红花、绿草、蓝天、白云，还有青黑的松林、银白的飞泉，太阳挂在头上，月光倒在水中……眼睛怎么看也看不够呵！可是，现在我的眼前是一片黑，我睁大了眼睛也看不见！十五的月亮今夜圆，为啥照不亮我的眼！有谁能解落魄人的怀？……

咿咿呀呀，琴声呜咽。有水汽在操琴者眼角闪亮。水汽也在听琴者心中漫洇。

"阿炳！阿炳！你在这儿啊！让我找得好苦！"烧饼店的阿三，拨开众人，气急败坏。

"阿炳，早上跟你说好了，你怎忘了？莫老爷的客人都到齐了，酒也备了，香也点了，月也拜了，就差你一把琴了……"

"阿三，我跟你说过，不去的，我人穷衣脏，进不得莫老爷家的厅堂。"

"哎哟哟！莫老爷想得就是周到，早给你备了一套新衣衫，快把脏衣脏鞋脱下换一换。"

"阿三，今晚我哪儿都不想去，就在这月光下过一夜，要拜一拜这好月光……"

"咳！你真是瞎折腾！穷排场！有福不会享！是看见瓦钵里钱多啦？舍不得走？莫老爷把你当客敬，备有酒菜、月饼、鲜果、蜜饯，赏钱还会少了你？快去吧，莫要不识相……"

"休再多言，我不去就是不去！"

"小阿三，别坏了大家兴致，我们要听琴！""走走走！阿炳不去，你去讨赏钱吧！"众人嚷嚷。

"娘，莫老爷家有好多好吃的呀，他为啥不去呀？"有小儿轻声问。"啪！"妇人赏了小儿屁股一巴掌，"听！"

咿咿呀呀，琴声又起。明月、清辉、高山、流水从指间淌出。

板桥画米

○徐慧芬

铺纸，研墨，落笔。一笔，两笔，三笔，再添一笔，反反复复。少顷，一纸碎叶。六十一岁的郑板桥罢官回乡的第一宿，半夜里被贼闹了一下，没睡着，第二天一早立在案前，一管在握，随意挥洒。

"大人是画画还是写字？"一旁的书童阿大有些不解。"你看呢？""我看呢，像是一丛一丛的竹叶，但又像一个一个字。""哪个字？""一笔两笔三笔四笔，这不是个'不'字吗？""好！阿大的灵气被我熏出来了，知我者阿大也！""大人写这么多'不'字干什么？""你猜猜看呀！""那我就猜猜看，大人不当官了，一个'不'字，大人不喜欢说假话谎报民情；一个'不'字，大人放粮赈灾不怕得罪朝廷；一个'不'字，我看最主要的是大人不喜欢钱，所以就不得不回老家喝粥了……"

"哈哈哈，好你个小子，谁说我不爱钱，现在我最爱钱了！"板桥蘸墨，左横右扫，几竿竹跃然纸上。"把这个去街上卖了，记住，还是以前的润格，大幅六两，中幅四两，小幅二两，卖了快买点米来，昨晚夫人说了，米缸空了……"板桥把画交给阿大。

"大人不会多画些吗？多换些银子还可添些其他的……""嘿，刚才还说我不爱钱，封我清廉第一，现在倒要我当银子的爹啦！快去吧，阿大，银子都在我手上，想要了，变出来就是，钱够用就行了，多了，要坏事，昨晚梁上君子不是来过啦！"

阿大携画出门。门外跪着一老一少。阿大折回禀报。

"郑大人呀！我领孽子谢罪来了，这个孽障，昨夜作孽作到府上来了！郑大人是个人人称道的清官，孽子有眼无珠，竟然冒犯，这个不争气的东西……"老妇人边诉边哭。

"这不是小阿狗吗？十多年前我出去时，还只有七八岁，原来昨天夜里是你来看我呀……"

"大人，爹病了想喝粥，家里米没有了，昨天知道您回来了，听人说'一年清官，十万花银'，我想大人再清廉，家里银子总有些的，所以我就翻了墙，银子没摸着，倒打翻了一盆兰花，我罪该万死……"阿狗羞愧地哭了起来。

"阿狗呀阿狗！你偷鸡摸狗为老爹，也算是个孝子，且饶了你，送你几两银子吧。"板桥拿过阿大手中的竹子，递给阿狗，"去街上卖了，就说郑板桥的竹子。一幅四两，换些银子，买些米，给你老爹煮粥喝吧。"

阿狗母子拜谢走后，板桥复又握笔，少顷，一纸墨竹，递交阿大：换米去吧。

窗外，飘起了大雪，六十一岁的板桥取出自拟的《潍县竹枝词》轻轻吟读。

出　神

○陈　毓

十几年的光阴随水流去，江河归位，空气中又能闻见成熟庄稼的芬芳气息，孩子的笑闹声随炊烟在村庄上空明亮升起……

禹觉得郁积在胸口的一股气慢慢散开，让他的身子仿佛要飘起来，又仿佛终于能够放下似的觉得轻松。从山巅向下望，阳光照耀着河流，照耀着村庄，照耀着地里劳作的男女。那些人，他们现在在路上遇见他，都要远远站住，静静垂下双臂，把头偏向一边，微微地向他笑，低低地唤他一声"禹爷"，然后目送他走远。那景象让禹有点幸福、有点疲惫，还有点莫名的感伤。人民的拥戴声和欢呼声让他心惊，他只能微笑，可笑着笑着笑容就失了温度，僵在脸上冷冷的，让人难受极了。

他越来越不爱出门，无聊地躺在石榻上，看着墙上裂缝中一株雨季里长出又枯死的灰白的草发呆。

呆着，不觉想到了来世。今生似乎没甚可想了，那来世呢？若是真有来世，还做一个治水的贤人吗？禹独自呵呵地笑了。

来世？自己倒愿意变做一棵树。禹想。不做激流中的石头，不做可以轻松飞过湍急流水的飞鸟，就做一棵苍苍的根深叶茂的树，长在人迹不能至的山坳，自在之外，顺便给远行的飞鸟歇歇脚，让劳顿的兽在枝干上蹭蹭痒……

呵呵，禹感觉快乐，感觉宽慰，再次笑了。他听见耳边飒飒的、簌簌的、淅淅的声响，恰似风吹树叶的声息，树枝沐在雪中雨中的声息，多么好啊。禹仿佛真的感觉到鼻息之间那树叶清苦的潮润气息，闻见当风到来雨到来雪到来时，树散发的各种不同的美好气息。

禹不觉并拢了双脚，伸直身子，双手合十，用力向上提升身体，同时向右旋转。禹慢慢旋转，慢慢把重心转到一只脚上，并且越来越快地旋转，快到自己感觉都要飞起来了。他真的是飞起来了吗？

禹听见身体中噼噼啪啪的声响，仿佛体内正在开花，在一声紧似一声的噼啪声中，他感到上半身越来越轻，而他的双脚似乎合二为一了，那么牢靠、那么扎实地和大地亲密相融。他真切地感到脚下泥土松软的温热气了。

惊喜和幸福塞满内心，让禹有点眩晕，他顺其自然地眩晕了半刻钟。随后他慢慢从那种眩晕感里醒过来。低头打量自己的身体，他看见自己的下半身已是一截苍苍树木，他将信将疑地沿着树身向上看，他看见自己的头上正顶着一棵高大茂盛的树冠，巨大的幸福感冲击着禹的头，使他沉沉睡去。

醒来的第一个念头，禹就是热切地等待妻子。他一心一意地等妻子到来，他一定要说服她也变成一棵树。想当年三过家门不入，的确使她颇受了些冷落和委屈，现在，如果妻子也愿意变成一棵树，那他从此将根根叶叶、枝枝杈杈地终日与她厮守一起，还有什么遗憾呢。再说，单是变树时的美妙瞬间，无论怎的，也要说服她试一试。

要是她不肯听他的呢？那就一把抱住她，哄她、教她收拢双脚，双手合十。帮她旋转，飞升。看，变成树了吧。变树的感觉如此美妙，体会到了，她也不会埋怨的吧。

可是，她怎么还不到来呢？

禹打算像一棵树那样伸展身子，向着远处张望张望，却只听见脚底下"啪"的一声，犹如瓦钵摔碎在地的声响。禹惶然低头，却看见自己依然端坐在神龛上，在终日缭绕、从不肯有片刻歇息的香烛烟雾里。禹仿佛做梦似的长久地发了一回呆。

被常年地烟熏火燎，禹感觉自己的眼睛是那样肿胀，他的肩背僵硬如同石块一般，治水时落下的腿病使他的双腿沉重，没有一丝想要动弹一下的欲望。

收回视线，端正目光，从深沉的恍惚中清醒过来，禹还是在神龛上尽力地坐正自己的身子。

穿越城市

○陈　毓

未名从古玩城出来，怀里就多了块石头，一块黄河石。

未名弯腰弓背地抱着那块石头艰难地走。那个长着两枚宽门牙的卖主的话犹在耳边：你看这幅"旭日东升图"多壮丽！多逼真！这可真是块千载难逢的石头呀！

仔细打量，石头上果然天生着一幅画：一轮红日仿佛浴过了似的，正在冉冉升起，太阳周围紫气云绕，气象万千；太阳下面，一条大河滚滚而来，涛声汩汩地从远古流淌到今朝。

未名挪步到街边叫了辆出租车。钻进车坐正了身子，石头仍旧小心翼翼地抱在怀里。未名告诉司机要去的地点，抱着石头，望着车窗外掠过的街景，一阵发呆。

未名怀着希望来到这座城市有好些日子了。他像巴尔扎克笔下的吕西安一样，渴望挤进由众多名人构成的上流社会，却苦于没有一条绿色通道。因为还没有被冠名为名人，未名不得不像众多潦倒的艺术家一样，寄身在小巷深处的民房里，在阴暗的画室努力涂抹未来生活的曙色。抹着抹着，未名就想起了大名人阿谁。

未名与阿谁有过一面之缘，在未名的印象里，阿谁极平易，也随和，未名觉得阿谁打量自己苍白的脸时目光里有一种慈父般的光芒。虽则一面，未名却莫名地信赖他。未名想，若有阿谁的举荐，借阿谁的名望和影响，没准自己会少走许多的弯路。

要去见阿谁，未名想，总得要带件礼物去吧。投阿谁所好，在未名想来是容易的。因为阿谁的爱好，是满世界的人都知道的。于是，未名毫不犹豫地奔去古玩城，终于挑到了这块奇石。

出租车轰轰地向前开着，街市在未名的凝神中是挂不牢靠的风景画。突然，车子停了，因为前面一列仪仗队造成了小小的拥堵。只见红衣白裤的少男少女跳着舞着，彩球升腾，礼炮齐鸣，一座茶馆正在举行开业庆典。

无法前行，大家都伸头出去瞧热闹。突然，从麦克风里传来司仪的声音：请阿谁先生剪彩！未名心下一惊，慌忙叫司机把车停在路边，他挤进人群里探望。未名在人群里看见了他渴慕一见的阿谁。阿谁其貌不扬，而他的一大群随从却个个神气。剪彩仪式很快结束，阿谁被请上楼去了，他的随从也都一一跟上去了。突然，后面的那个人被漂亮的礼仪小姐客气地挡住了，小姐请他出示请柬，那人愣了，未名看见他一指前面的人，似乎那人能证明他的身份，但小姐仍坚持着，脸上挂着朵拒人于千里之外的微笑。而前面被指的那人，眼看着在红地毯的转弯处消失了。

也许是未名敏感，他竟像是被漫不经心的流弹击中了似的钉在那里，心身俱僵，不知进退，仿佛那一刻被阻拦在门外是他自己。

未名站在太阳地下像一只呆鸟。直到司机来唤，司机说，这车到底还坐不坐呀？不坐你就搬下你的石头去。

未名重新上车，未名告诉司机不用去要去的地方了，未名说师傅你爱开到哪里就开到哪里。司机没听懂，问去哪里。未名语气粗暴地说：你随便转。司机愣了愣，就拉着未名穿街走巷地绕了起来。

司机把冷气开得很大，隔着暗淡的车窗玻璃，未名觉得与街上的人和物仿佛有着隔世的距离。未名低头打量怀中的那块石头，这一瞬间看去，那幅浑然天成的图画跟前次所见却似乎有了全然不同的内容，那仿佛不是初升的旭日，而分明是一轮悄然下沉的落日，它正缓缓地没入暮霭之中，千年不散的雾霭呵，从远古的洪荒流向今朝的浮华。未名想，不知自己和那个长着两枚宽板牙的店主，到底谁更正确一些。

车子依旧轰轰地向前开去，街市在未名眼前纷纷后撤，仿佛一幅幅挂不牢靠的风景画。

未名想起从前听过的一个笑话，说一个老乡进城去，原想城是有城门的，车子一路开过去，却总也不见城门洞。实在忍不住了，就问开车师傅：大兄弟，车子可快进城了？司机说，再开，就到乡下了。未名初时也笑，未名这一会觉得自己的笑是那般轻浮。

于是，未名就在心中骂出了一句粗话。未名的指向有些含糊。没人听得见这一句骂。

于是，街市依旧太平。

钱　卜

〇张晓林

　　中国自古就有用钱卜卦的习惯，西周时的周文王，听说是钱卜的鼻祖。几枚古钱，放在小竹筒里一摇，"叭"倒在桌上，就能断人生死、知人祸福了。真是一桩不可思议的事情。

　　围镇程不识，就是一位用钱卜卦的高手。

　　程不识，原是一村野布衣，住着两间茅舍，一围竹墙。爱好钓钓鱼，和谁"将"上两盘。

　　不识钓鱼，不误农活。每天黄昏，干活干得累了，早点收工，拿上钓竿——一根毛竹，去镇南的池塘里，以红薯块作饵，专钓鲤鱼，钓一二条，用小细柳条串了，拎回来，清水炖上，去喊人下棋。三盘棋一过，输赢已分，鱼也熟了，香气把小草屋塞满了。

　　不识本和卜卦无缘。

　　不识学会卜卦，完全是一件偶然的事情。

　　那天，不识荷锄晚归，走到村口，见地上靠树斜躺着一个老翁。那老翁面色苍白，皓发枯槁，似有重病在身。

　　程不识放下锄头，单腿跪在老翁身旁，用手指搭在老翁鼻下一摸，老翁已气息微弱。不识就斜着膀子把老翁背了起来。

　　回到家，不识给老翁灌了一些水，又喂了一点面汤，到了半夜里，老翁醒了过来。醒过来，老翁便落泪了。

黎明，不识又请来了"济人堂"张淡人先生给老翁把了脉，抓了几味草药。药煎好了，不识用嘴试试凉热，再喂给老翁，一连三剂，老翁病竟然好了。再看老翁时，竟是一番仙风道骨了。

隔两天，老翁道别。临走，他朝不识长长一揖说："老弟救了老朽一命，无以为报，就教你一小小戏法吧，也许够你一生受用的了。"

老翁就摸出几枚古里古怪的青铜钱来，然后授予不识口诀。

老翁走后，不识也没把这事当回事，照样天天去田里锄豆子，回来去南塘钓鲤鱼，或找人杀上两盘。

只是有时好奇，也玩似的露一下，谁知竟都准了，连不识都糊里糊涂地弄不清这到底是咋回事，可不识卜卦的名声却响遍了方圆。

真正使不识名声大震的，还是乡绅胡石公老娘的那一卦。

胡石公老娘过八十大寿，请去了不识，让不识给老太太算一卦。

不识取出那几枚铜钱，在小竹筒里晃几下，往桌上一丢，看时，竟傻了眼。

卦上明明白白显示，老太太不久将有灭顶之灾，而且是要葬身于"山"下。

不识老实，如实说了。胡石公的脸色一下子变得乌青，叫人把不识撵出了家门，鼻子里"哼"了一声："一派妖言，我们周围百里尽是平原，不要说山，就是小土丘也没一个，老太太又大门不出，怎么会……呸！"

可不久，乡绅的老娘果然葬身在"山"下。她住的厢房不知何故突然坍塌，把她砸在了屋山墙之下。

卦准了，可不识的日子却不好过了，胡石公说他暗施妖法惑众，要送他去县衙问罪。

不识只有连夜逃走了。

这一逃，不识就逃到了京师汴梁。

不识有一个远门亲戚在大相国寺附近开着一片油坊，不识就投到了他

206

那里。

那亲戚给不识张罗一间小门面。对他说："你就开个小卜肆，聊以糊口吧。"

不识本不想再算卦，可又不会其他的手艺，为了生计，只好如此了。

卜肆一开，不几个月光景，全汴京便都知道有个用钱卜卦的程不识了。程不识也因此发了笔小财。他用这笔小财开拓了门面，还请汴京著名书法家陈子璋先生题了一个大招牌：不识卜肆。

这一天，不识坐肆不久，就走进来了两个人，都是士子装扮。不识知道，这是进京赶考的举子。考前，他们都要卜上一卦。打这二人进门，不识就暗吃了一惊，这二人气度非凡，绝非常人。等丢下古钱，不识更大为吃惊：二人皆是宰相之命。

那二人相顾一笑，丢了卦钱，正要步出卜肆，腿还没迈出门槛，又来了二人。这二人和先来的那二人认识，便举手寒暄。之后，后来的二人说："二位贤兄慢走，等我二人也卜一卦，再一同去游相国寺！"

先来的那两个人便坐在一旁等。

不识又重新取了那几枚古铜钱，在小竹筒里摇几摇，往桌上丢去，这一丢，不识就像大白天见了鬼魅一般，喃喃自语道："一日之内，怎么会有四宰相……"

那四人听了，相互看了看，憋不住哈哈大笑起来，有两个人竟笑出了眼泪。

不久，一日四宰相作为笑话在汴京传开了，人们都说不识疯了。走到大街上，小孩子都会指着不识说："这人是个疯子，一天能算出四个宰相。"

不识自己照例搞不清这是怎么回事，他只知道卦上明明白白地显示着：四宰相！一日出四宰相，这是绝不可能的事！从盘古开天地，到大宋定江山，没有过！不识想了又想，终于归罪于自己可能是眼花了。

这时，不识年事已高，腿脚也有些不利索了，又遭此变故，下身不久就瘫痪了。

那亲戚来了几回，替不识请过几个医生，抓了几剂药，可不识的病到底也没有一点起色。

不识不想再拖累那个远门亲戚，就两手按住地，一点一点地挪出了"不识卜肆"，到大街上乞讨去了。

一个风雪交加的黄昏，又累又饿的程不识终于冻死在了录事巷的东南角。

多少年之后，一台八抬大轿路经"不识卜肆"遗址，忽然停住了，轿帘闪动处，走下来一个人，他朝"不识卜肆"遗址看了两眼，便又挥手起轿了。

有人认得这个人，他就是当朝一品宰相张邓公，也即当年"一日四宰相"之一。

那三人是：寇莱公、张齐贤、王相公。

四人果然都做到了宰相之尊。

这事儿，《东京梦华录》上有记载。

桑　果

○王晓霞

桑果快熟的季节，我要米豆回家。

每次打电话，米豆都说没事，挂了。我到嘴边的话只好咽下去，望着窗外那棵桑树愣神。桑果就在我的眼前由青变红。

六年前，米豆去了南方。他走时，儿子才一岁零三个月。

那年，我回小城工作，米豆也跟着回来。只是他在单位处处受排挤，他眼睛里不时流露出的忧伤，让我心疼。

于是，米豆办理了停薪留职，去了南方的一个城市。

记得米豆那年走时，院子里的桑果刚熟。地上时不时掉下来几颗桑果，那种紫红沉淀成了深黑，一不小心踩上去，溅出的是儿时的记忆。每当初夏来临桑果泛红时，树上就少不了我的身影，轻盈灵活如雀儿，满口袋的桑果洇出紫色的汁液；嘴唇也乌紫，那颜色极像现在流行的一款口红。那时我们故意把嘴唇弄得乌紫，绝不是什么审美意识，只是向不会爬树的小伙伴炫耀自己的能耐。记忆里的桑果很甜，是儿时最美味的水果，比起现在时新的水果好吃多了。如今，我再也没有爬过树，但想起米豆说过，他也有我一样的童年，抬头望望树上的桑果，格外亲切。

院子里的桑树叶绿了又黄，桑果紫了又青。米豆每个月都会把工资打到我的卡上，他说给点压力可以限制自己的消费，也能叫我放心。我信任米豆，他说的话我都信。他说公司从吃到穿都补贴，平时用不着花钱。越是这样，我越劝他不要生活太苦，应该学会照顾自己。米豆却说钱放在老婆手里他放心。

这话让我默默地感动着。

我和米豆是高中时认识的，他坐在我后排，有问题总是问我。不知什么时候，除了学习，米豆还关心着我的生活。每当食堂有好吃的菜，他总是为我买一份。那年，我们恋爱了，为枯燥的复习生活注入了动力，我们同时考上了北方的一所大学。

上大学面临的一个最大难题就是缺钱，米豆找了一份家教，钱还不够花。米豆在借钱这一类事上，从来不让我出面，他觉得这是一个男人的事情。我欣赏米豆的这份责任感。

米豆去南方后，电话传递着我们的相思。米豆每天都会给家里打电话。我习惯了等待，并把这种生活当成必然，就如眼前的这棵桑树，叶子每年都会绿，桑果每年都会红，我相信我的米豆也还是那个米豆，如同眼前这棵桑树一样坚定。

只是饱满的桑果，无人问津。

直到有一天我的眼前少了点什么。我搜寻着，那亮出来的空间，有柠檬树修枝后的断痕。初夏的阳光，带着桑叶的清香，桑果在绿叶中渐渐泛红。几天前的情景浮现在眼前，然而，在这个桑果将熟的季节，桑树却被砍掉了。

米豆去南方这六年，每次接他的电话，我都是对着窗外这棵桑树。如今，桑树砍掉了，眼前空荡荡的，一时真不习惯。一丝伤感划过。是谁在这个季节，砍掉了桑树？

米豆在我的疑虑中回来了。米豆眼里多了一些成熟与自信，少了六年前的忧伤。但我还是捕捉到了他眼神中瞬间的闪烁。米豆说南方已有他的一切。

米豆走了，走时只带了几样证件。我脑子一片空白，似梦非梦。这六年来，米豆一出家门，就是一个完全自由的人，我没去过他的城市。除了他给我们买这买那，我没照顾过他的生活。正如窗外这棵桑树，这六年里我未曾吃过一颗桑果，一切仅在记忆里，而我总是一遍遍发酵、膨胀着它的美好，沉醉其中。想起米豆有一次跟我说过，那天他在商场里看到有卖桑果的，就买了一盒，说不如时令的水果好吃。

窗外满眼的绿色中，那桑树桩旁，流着一堆褐色树脂。

赏　花

○安　庆

病愈出院后，少年开始在院里侍弄花草。经历了一场大手术，身体已虚弱得不得不倚仗拐杖行动。

少年羡慕花草的葳蕤，把对花草的管理当做了生命的一部分，每天挂着拐杖艰难地为花草培土、浇水，空虚的生活因此变得充实，忙碌中那病魔的阴影仿佛也被抛到了九霄云外。终于，花儿开了。春天，小院里开满了迎春、月季……十多种竞开的花儿姹紫嫣红；秋天，小院里又绽开了富贵的海棠、红艳的大理、黄的粉的各色的菊花、一簇簇热烈的一串红……满院生机盎然的花草，让人的心也如这秋天的高空一样豁然开朗，使人感叹这花卉世界的无限生机。

秋季的一天，一位穿着淡雅的姑娘走进小院，旁若无人地欣赏着满院的花草，不住地赞叹："多好，多好的花啊！"

他站起来，挂着拐杖，向陌生的姑娘微笑着。姑娘问："这花是你种的吧？"

他点点头。

"多好，多有生命力，这蓬勃的生命就是生活的点缀啊，你看你这小院因了这花多好。"姑娘赞叹着

是啊，花有顽强的生命力，生活需要花草的点缀。听姑娘说这话的时候，他的心顿时开朗起来。

姑娘扯过一串一串红，放在秀气的鼻子前闻着，认真地欣赏着花的构型。他解释说："这叫一串红，入秋开放，花期入冬不凋，是花期比较长的花种。"姑娘凝神地听完又禁不住叹道："这平凡的花多么坚韧啊！"

小伙子听着，脸上逐渐绽出舒心的微笑，再看满院的花草，仿佛经姑娘这么一赞，花儿也顿时更加美了。

姑娘说："我是过客，看见这满院的花禁不住就过来了，请原谅我的冒昧。"

少年说："不妨，不妨，花儿原本就是为欣赏者开的，随便看。"

此后的几天里，姑娘几乎每天都过来一次，每次来都这儿闻闻、那儿看看，小伙子看着姑娘对花的贪婪显得非常激动。这天，姑娘看完了，仿佛有些遗憾地对小伙说："我要走了。"

"要走，去哪儿啊？"

姑娘说："我是从师院到你们村学校来实习的，我要回学校去等待分配。"

小伙说："你真幸福，真有涵养，我羡慕你。"

姑娘说："大千世界，各行各业。你种花养花不是也很神圣吗？那么多的花经你种而生，生而开，开而艳，多好啊。"

"谢谢你。"小伙说。

"我走了，再见。"姑娘把手伸过来。

"还来吗？"小伙几乎带着乞求地问。

姑娘说："明年秋天，我再过来看你种的花儿。"

"一定吗？"

"一定！"

第二年的秋天来了。

院里的花色增加了十几个品种，那一串红开得愈发繁茂。他每天有规律地为花草培土、浇水，把满院的花布局得合理科学，各种花色调配得赏心悦目。姑娘却一直没来。

终于，他收到一个包裹。

打开包裹，是几包花籽、一封短信，是姑娘寄来的。信上说："毕业分配我主动要求到一个山区小学教书，今年秋天可能不能来看你种的花了，但我一闭眼就能想象你小院里开满了各种色彩的花儿，你一定把小院装扮得更美，那是一个多么富有诗意的世界啊，我一定还会过来看你种的花儿的。同时我为你寄来一些花籽，这是在那些淳朴的山民家找的，这些花儿看起来可能很淳朴，但同样也代表一种精神，一种顽强的生命，我希望它们能在你的花园里落户开放，我会再来看这些花的，再会。"

少年手捧花籽，眼里噙满了热泪。

院里的花一年比一年开得更加鲜艳，少年在期盼中丢掉了拐杖，战胜了疾病，据说创造了一个奇迹。他后来成为当地的一个花王，成为一个以养花致富的典型，养花已成为他生命中一种神圣的寄托。

有人说姑娘在一个秋天真的又来看过一次花，她寄来的花种在小院里开得格外灿烂；也有人说姑娘至今没有再来过，那姑娘当年到小院里赏花，其实是他当年的那位主治医生故意安排的……

守望一只兔子

○金晓磊

背着锄头弓着腰钻出草屋的那一刻，我又习惯性地抬头看了看天。

总觉得天气可以左右人的心情，所以我总会选择一些阳光明媚的午后去田里闻闻泥土的芬芳，活动活动筋骨。

今天依然如此。

秋日的阳光像四处流淌的金子，毫不吝啬地在各个角落挥洒，在我的身体和衣褶中欢快地跳跃着，或者安分守己地蛰伏在路边枯黄的杂草丛中，细数时光的流逝。有零星的野花点缀其间，昂首怒放着，仿佛在宣读秋天写就的妙义。

远处，云淡天蓝的空中有飞雁的翅膀在我的眼珠中稀释成黑点。

看得累了，我就微微低了一下头，于是，我便看到了不远处田边的那棵被包裹在一片灿烂金色中的大树，微风吹过，就早早地与我点头微笑了。我也朝他笑笑。

我说，老兄，又见面了。然后拍了拍他的身体。

他动了动，但没有言语。

好在我们都相互了解了。

倚着他的身体脱掉鞋子，松开脚上的布，解下锄头把上的葫芦，我说，让他们陪陪你吧！

我听到他爽朗的笑声顺着阳光的脚步从头顶走了下来，但依旧没有言语。

阳光烘晒过的泥土上的暖意通过脚丫爬到了发尖，酥酥的。我禁不住打了个喷嚏，然后深深地吸了口气，开始翻土了。于是就有芬芳从泥土里滋滋地钻出来萦绕在四周。

忽然有车轮的声音穿过芬芳传入耳中。顺着田边的土路北望，我看到一辆马车正朝我的方向驶来。车后扬起一阵灰蒙蒙的尘埃。兵荒马乱的年代里，马车总让人想起"逃亡"这个词，但愿不是。

低头翻土。不一会儿，马蹄声、车轮声在我的耳边从幽远走向了真实和凝重。一声苍老的吆喝声响起，我知道马车已停在我身旁的土路上了。

我稍稍扭了一下头，忽见土路对面的草丛中蹿出一只雪白的兔子来。许是受了惊吓，它没有了方向感，一头撞在了那棵大树根部，蹬了几下腿，然后一动也不动了。

一口吴侬软语像春风一样飘进耳朵。等我回过神来，一个十五六岁的小姑娘正站在我身旁，看着我。

相公，我家小姐口渴了，想讨点水喝。小姑娘又加了一句，我才明白过来是怎么回事，连忙说有的，有的。

等我从树下拿过葫芦来时，小姑娘已从车上拿来一只白色的小瓷碗。我缓缓地向碗里倒进水时，看到碗底那只蓝色的兔子在水波中仿佛要一跃而出了。

小姑娘双手端着瓷碗走向马车。车厢的帘幕被一句"小姐，给你"掀起一角，车里雪白的一片衣裙被顺风带出飘进了我的视线，然后又被帘幕遮住了，好像是白天和黑夜相隔的瞬间。

梅香，把这个送给人家，替我道个万福吧！这声音被一只好似镶嵌了绿玉佩的汉白玉手从车厢里托了出来。虽然隔着帘幕，但在我听来感觉就像是春花之灿烂夏草之清爽秋叶之华美冬雪之纯白。我的身体仿佛寒冬腊月掉进了冰湖里，然后走上岸来被西北风一吹打了个激灵一般。接着，我的灵魂像炊烟一般，被抖动着的身体从那摊肉泥中推了出来，袅袅爬升飞进了车厢。这是我三十年来第一次对声音有这种感觉。

小姑娘走到我跟前道了个福，然后把一只玉佩捧到了我眼前，说，我家小姐谢您的。我接过了玉佩，目光死死地咬住车厢不放，尽管帘幕像刀子一样切断了我目光的去路。

"啪！"的一声，我的心好像被马鞭抽打了一下，一阵痉挛，然后我听到了车轮碾压我心的轰隆声，有灰尘模糊了我的双眼。

我步履沉重地走到树底下，然后像一摊烂泥一样坐在了地上。手上的寒意刺醒了我。玉佩。一枚雕刻着兔子的绿玉佩。兔子。我转过头看了看那只雪白的兔子，抚摸着它有些僵硬的身子上那柔软的毛，目光呆呆地望着马车消失的方向。

子余，有运来分兔下酒啊！隔壁家的方墨背着锄头像一只突然蹿出来的兔子一样站在了我身旁。

我没有说话。方墨侧着头用怪怪的眼神打量着我从我身旁经过了……

方墨重复着来时看我的动作和表情回家去了。我依旧没有和他说话。

一直坐到天黑，我决定回家去了。

那一夜，我将兔肉滑过我充满酒味的喉咙顺畅地送进了肚子里，然后找了几根竹钉将那张兔皮平整地贴在了墙上。望着那张兔皮，我第一次把《诗经》里的"关关雎鸠，在河之洲，窈窕淑女，君子好逑。……"背诵得语无伦次，把黑夜辗转反侧成了黎明。

第二天，我又背着锄头来到了田头。我把锄头扔在了一边，背靠着大树而坐，目光紧紧地吃着那条土路。

很多年来，无论刮风下雨还是阳光明媚，我都会重复着这种姿势。

一开始，也有很多关心或者好奇的人问我究竟在干什么或等什么。

我说，等一只兔子。

后来他们都知道我在等兔子。有叹息的，有嗤笑的，有劝导的……

但我依旧去等。等一只兔子。

再后来，韩非子先生用白纸黑字记录下了我：

宋人有耕者，田中有株，兔走触株，折颈而死。因释其耒而守株，冀复得兔。兔不可复得，而身为宋国笑。

桃　花

○谢志强

　　A城最年长的阿婆卧床不起了，她的气息微弱。床头摆着一竹篮水蜜桃，这回，是外孙采摘的。本来，这是她的事，而且，由她去一户一户挨门赠送。院子里的桃树已纷纷落叶，秋风驱赶着地面的叶片，盲目地拥来拥去。

　　外孙递一个粉红的水蜜桃给外婆。桃子已软，表皮发皱，她连捧也捧不住了。屋外的院内，传来争吵声。似乎是争夺桃树的归属，都声称当年是自己的前辈栽植。

　　阿婆终于捧住了桃子，却随时要滑落出她的手那样。她的嘴唇嚅动着，似乎要发出声音。她慢慢地撑起身，倚着床头，喝了一口外孙送上的一瓷勺温水。

　　外孙看到，水蜜桃表皮的皱纹已平展，他接过来时，桃子已硬滑了。阿婆起身，粽子般的脚伸进鞋子。

　　这当儿，外孙嗅到了淡淡的鲜桃的气息，刚打树上采摘的一样。外婆来了精神气儿，颤颤巍巍走出房门。外孙以为这是回光返照的迹象。外婆竟不让他搀扶。

　　起风了，不知哪儿来的风，不大。石板地面的叶片像羊群一样簇拥着。叶片竟然漂浮起来，如一群惊飞的鸟儿。外婆手里的竹枝扫帚在地上空空地划拉着。外孙几乎叫出来，因为，叶片登上了树枝。

外婆像轰一群鸡雏儿那样，哦哦哦地吆喝起来。外孙发现，外婆白发渐渐地变黑，染过了似的。他听见屋里有什么东西蹦跳的声音，还没愣过神，眼前飞过一群桃子，争先恐后地栖到枝杈上边。

外孙乐开了。一树水蜜桃，沉甸甸地坠满了枝头。外婆去拔刚刚拱出土的青草，可是，青草如同捉迷藏，一缩身子，钻进了泥土里。外婆说：看你们再淘气。外婆拎起吊桶，去院子东隅一口井汲水。小小的"金莲"点着石板地，很有节奏。外婆的皮肤红润了，而且腰板儿直了起来，发出了外孙常听的像母亲一样的青春的女音。

外孙担心树枝承受不了桃子的硕重，不过，他察觉，桃子表皮仿佛卸了妆，退去了粉红。果实青青，而且，像在收缩，眼见着小起来。他想，桃红传到外婆脸上了。

外婆的动作那么麻利——本来都是支差他汲水的呀。外婆舀着桶里的水，浇着桃树的根部那片泥土，还有附近陶盆里的花花草草。她额头闪着发亮的汗珠像一粒粒珍珠。

桃子已缩小到指甲盖那般大小，生出绒毛。枝条舒展起来，显得轻松的姿态，悠悠地晃着，仿佛突然卸去了重荷。

外婆却不在意什么。她去挑掉一条绿色的毛毛虫。一只母鸡兴奋地赶过来啄食了。整个桃树的小青果像被桃树本身吸收了一样，绽开粉嘟嘟的桃花。紧接着，他听见了蜜蜂"嗡嗡"的吟唱，它们在花丛中飞舞忙碌。

外婆摘了一朵桃花。她喊着自己的名字：桃花。桃花似乎害羞了，蜷缩起花瓣，便是一树的花骨朵儿。只有外婆手中的花朵还保持着盛开的状态，却渐渐干枯，风一吹，脱出她的手指，飘落在木花格的窗框里。

外孙喊：外婆外婆。外婆站在他旁边。他打量着外婆。外婆说：怎么，你咋这么看我。他吞吞吐吐地说：外婆，你像个小妹妹。外婆发出小姑娘一样的笑声。

外孙呆呆地去看桃树，那眼神，像是寻觅什么。树上的花骨朵儿连影子也没有了。树叶嫩嫩的，树身好似缩起来，原来碗口粗的树干，却只有他胳膊那么细了。他担心树藏进泥土里，溜了呢。

外孙赶过去，想设法阻止树的行动，树已成了一棵幼树。外婆在培土。外婆说：种下这棵桃树，你等着将来吃水蜜桃吧，多汁、甜蜜。

这时，外孙听到屋里传出哭声，是他母亲的哭声，他闻声奔进屋。外婆平躺在床上，已闭上了眼，脸上凝固着微笑，像在回忆一件甜蜜的事。

他连忙奔到院子，小心翼翼地取下窗棂上的那朵桃花，希望外婆看见花儿能够突然苏醒。他看着外婆一头的白发，梳得一丝不苟。

第二天，A城的报纸，报道了他外婆无疾而逝。仿佛一段历史隐去了。文中称：桃花谢了。

天地玄黄

○ 黄克庭

刚刚做完"鸡蛋孵出河蚌"实验，阿拉米教授一脸满足和惬意，很悠然地掏出蓝色丝帕，象征性地在自己的鼻子和下巴上轻轻擦了擦，而后很绅士地用右手画了一个"起"的手势，其意是鼓励第一批 72 名到红楼神堡留学的地球人的发问。

达尔文从最后一排的座位上站了起来，虽然被凳子撞痛了胫骨，仍勇敢地走上讲台。

达尔文将捂了嘴巴许久的白色丝帕递给阿拉米教授，告诉大家："刚才看了实验后，笑掉了一枚大牙！真没想到，阿拉米教授居然把魔术当做科学！"

阿拉米教授不辩不恼，他用不锈钢镊子夹住达尔文的牙齿，用清水冲洗掉血污，把牙齿放入透明的玻璃烧杯中，而后倒入淡黄色的溶液，搅拌一阵子……达尔文的牙齿很快就被完全溶解了。

阿拉米教授把溶有达尔文牙齿的淡黄色液体，滴入一只刚刚从鸡蛋里孵出的河蚌体内，然后与另一只没有滴入溶液的河蚌一起放入"九级缩时培养仪"中……不到两分钟，实验结果就出来了：剖开两只河蚌发现，滴入溶液的这只河蚌身上结出了 68 颗黄豆般大小、光彩夺目的珍珠，没有滴入溶液的那只河蚌身上一颗珍珠也没有。

阿拉米教授问大家："这些珍珠是怎么来的？是河蚌进化的结果吗？"

达尔文涨红了脸，说道："有杂质侵入河蚌体内，才有珍珠产生，这跟进化无关！"

阿拉米教授在黑板上写下了"杂质""珍珠"四个大字。

然后，又开始做实验。这回，阿拉米教授把鸡蛋先放入酱色溶液中泡了25秒，而后放入"九级缩时培养仪"中，很快，一个从来没有见过的怪物被孵化出来。

这只怪物，虽然像鸡，却全身长着像穿山甲一样的鳞，它的叫声也很奇特，像婴儿的哭声。

达尔文大声叫了起来："悲惨啊，这是严重的环境污染造成的怪物啊！"

阿拉米教授招呼两名学生与达尔文一起，共同对这个新怪物进行基因分析。

结果显示，新怪物与鸡的基因相同率高达99.998%。

通过实验，阿拉米教授告诉大家，畜生、鸟类、鱼类，与我们人类的基因绝大部分是相同的，人与苍蝇的基因相同率也超过98%……因此，我们只要用"鸡蛋＋杂质"的方法就能培育出各种动物，关键是找对"杂质"的类型和数量！

这是一种完全颠覆"进化论"的理论，达尔文闻听后，很快气促胸闷，口吐鲜血，被送往医院抢救。

达尔文离去后，课堂气氛明显轻松了。阿拉米教授说，杂质进入河蚌体内，产生珍珠；杂质进入纯净的硅晶体内，产生了晶体管，从而人类拥有了电子计算机；杂质进入生物体内，可以改变遗传基因……他建议今后把"杂质"改称为"玄真"，以改变人们对灵异因素的偏见。其实，世上许多奇迹都是由"杂质"创造出来的。

课后，阿拉米教授陪同大家参观红楼神堡的动物园，这是一座全部采用"鸡蛋＋玄真"方法培育出来的动物园。

走着走着，我突然被阿拉米教授的美女助手撞了个趔趄，只见她像饿虎扑食般地向正在清理垃圾箱的环卫工人冲过去……

阿拉米教授得意地告诉我们，他的美女助手正是用"鸡蛋＋玄真"方法培育出来的，现在仍保留着"见到垃圾就冲"的鸡采食生活习性……不过，三四秒钟后她就会"清醒"过来。

天　噬

○张晓林

徽宗是个风流天子，诗词、绘画、书法，都能来几手。他的书法——瘦金体——可以说是开了一个流派的先河。

起初，徽宗对蔡京这个人并不怎么感兴趣，可他喜欢他的书法！有一回，徽宗和宦官张迪微服来汴京文萃阁，见阁内有一把蔡京书写的团扇，书法潇洒飘逸，徽宗拿在手里就舍不得放下了。回到宫内，他立即叫张迪拿两万钱去把那把团扇买了回来。

蔡京是个聪明透顶的人，他知道了这个消息后，就精心书写了一套六扇屏风，打通关节送到了徽宗手上。徽宗一见，连连击掌，说："神品，真乃神品！"

不久，徽宗就起用了蔡京。

蔡京一上台，连口气都没喘，就向他的敌手举起了鬼头大刀。第一个开刀的是吕公著。

吕公著是个文臣，人很正直，他曾当着满朝文武大臣的面，骂过蔡京"奸邪小人"！蔡京当时就把吕公著恨透了！回到家里狠狠摔了一个玉如意，咬牙切齿道："老夫一定要杀了你！"

现在是时候了！蔡京给吕公著安了个罪名，把他发配去了琼州。又给押解的公差几两碎银，半道上将吕公著给杀了。头砍下来，吕公著的上下嘴唇还在嚅动："奸臣，我恨不能食汝之肉……"

吕公著被杀不久，有一天蔡京正在书斋挥毫，忽觉得脊梁上一阵阴森森的直蹿凉气，一扭头，见从梁头上飘落一个黑衣人。黑衣人手中一把雪亮的蛇形短剑闪电般抵在他的脖颈间。"扑通！"蔡京跪了下来，他一边哭一边哀求道："侠士，临死之前，让我给家人留一份遗嘱吧！"

黑衣人犹豫一下，收了剑，虎视眈眈地站在一旁。蔡京取过一管紫狼毫，铺了一张花笺，蘸了墨，还没着纸，笔头掉了。

黑衣人觉得蹊跷。

突然，笔管内银光一闪，暗器就射中了黑衣人的喉咙。暗器上淬有剧毒，黑衣人嘴张了两张，倒地身亡。

蔡京喊来家仆，割下刺客头颅，悬挂城门。

有人惊奇地发现，那刺客的面目酷似吕公著。

一个时期，蔡京很烦闷。他让人把汴京印书馆的馆主给叫了过来，问："近时可有闲书刊印？"

馆主说："有一两本。"

蔡京说："送来看看！"

第二天，馆主再来，手中就托了一匣书。

蔡京问："什么书？"

馆主答："一本小说，名叫《白蛇幻影》，写的是白蛇变幻人形去迷惑书生的故事，很有趣。"

蔡京看了看馆主，长长地"唔"了一声，说："把书放到桌上。"馆主把书放到了桌上。

蔡京又说："把书页打开！"

馆主的脸色大变，手颤动得厉害，打了几下，硬是没有把书页打开。

蔡京的眼就有些毒，他说："用手指沾一下舌尖就打开了！"

馆主头上冒出了豆大的汗粒，他不由得用手指沾了一下自己的舌尖。突然，馆主张大了嘴巴，舌头伸了出来，成了黑色。

瞅着馆主的尸体，蔡京冷冷而笑。

事实上，蔡京还是害怕了。他夜里做梦，常常梦见一条蛇在追逐、吞噬他。

这一年，钦宗继位，贬蔡京去岭南。

行到潭州的时候，蔡京身边的人几乎跑光，只剩下一个老仆。又渴又饿，他们就去路边的一家茶肆买吃的。

主仆二人刚坐下，有人就认出了蔡京。"这是奸臣蔡京！"这人一喊，茶肆里立即就乱起来。

肆主走到蔡京跟前，劈手将蔡京手中的食物一把抢过去，扔到了门前的阴沟里，"呸呸"数声，说："我的东西不卖给恶人！"

饭没吃上，反受了一番羞辱，蔡京从茶肆走出来时，已是满脸羞愧。背后，茶肆里的人都在高声地谩骂他。

一连三日，都是这样。蔡京饿得两眼昏花。

这天，主仆二人走到潭州郊外，蔡京实在走不动了，就对老仆说："你想法找些吃的来，不管什么，能填肚子就行。"

老仆转身要走，却突然叫起来："蛇，一条蛇！"

"快，捉住它！"蔡京也喊。

费了好大劲，才将那蛇捉住。老仆解下随身带的小刀，剁下蛇头，开膛破肚，拢一些柴火，把蛇放火中去烤。

不一会儿，就闻到了烤蛇的香味。蔡京站起身，一眼就看见了那颗被老仆扔在地上的蛇头。他埋怨老仆一声，走过去，捡起蛇头，说："这蛇头也能吃……啊！"

话没说完，蔡京脸上就露出了惊恐的神色：那颗蛇头竟然张开嘴来，狠狠地在他大拇指上咬了一口。

开始，蔡京还觉得手指上有些痒，慢慢地，就什么也不知道了。

蔡京死了。

听 琴

○安 庆

那个春天的日子里，桉子常去那座楼后听琴。他就坐在楼的后边，离飘出音乐的窗口大约有十几米远。楼的后边是一条河，细细的河水静静地流。水边有几棵碗口粗的柳树，桉子就坐在那些柳树边，眯着眼，虔诚地听着飘出的音乐，下垂的柳条拂在额前，像跳动着的音乐的弦。

那是一架钢琴的声音，琴声里有对命运的抗争，有对自然静谧的歌唱。钢琴好像就在他的面前，他仿佛看见一个女孩儿纤长的手指灵巧地抚在琴键上，宁静的脸庞平静地朝着琴的前方。

琴声常常是在早晨或者傍晚响起。桉子会很准时地坐在窗后的河边，听着窗口飘出的音乐，桉子有时会感动得掉下泪来。

桉子甚至怀疑是不是有一种神灵的引导，为什么在他需要安慰的时候会遇见这个飘出音乐的窗口？那段时间，他刚刚经历了一段感情的挫折，和他相恋两年的女孩儿弃他而去，业务中的一次失误公司又让他暂时停职。双重打击使他心灰意冷，他无所事事，盲目地到处散步，久违的音乐使他找到了一种慰藉。有天傍晚，桉子听完一段音乐忽然有一种去看弹琴人的冲动，他匆匆地走到楼的正面，敲响了那个房间的门，门却一直没有打开。他想弹琴人可能太专注了，又听完一曲，踩着夕阳有些怅然地离开了。

公司通知他上班，让他去经受一次新的业务考验。那天早晨，他又站在楼下听完一曲，恋恋不舍地踏上了为生活奔波的路途。

几个月后回来，他匆匆地奔向那个窗口。正是傍晚，夕阳的余辉洒在河面上，已经是秋天，柳叶儿开始泛黄。几个月来，他一直在想着这个窗口，想着听琴的日子。刚站在窗后，音乐声便悠然地飘出，他听出是他曾经听过多次的贝多芬的《命运交响曲》。他含着泪，心和音乐融合在一起，当一曲终止，音乐再度响起时，他再也克制不住地跑上了楼。

　　房门打开，站在面前的是一个中年女人，穿着素净，但脸上透着一种岁月的沧桑。走进屋，他看见了那架钢琴，一台擦得很明净的钢琴。可琴前无人，难道弹琴的是这女人？然而音乐还在响着，屋子里弥漫着音乐的氛围。他有些迷惑地看着中年女人。女人说："你就是在楼后听琴的青年吧？"他点点头。

　　女人沉静地说："弹琴的是我女儿，前几年大学刚毕业得了一种绝症，但在病中她每天坚持在家弹琴，把心中的苦闷向钢琴倾诉，顽强地与疾病作着斗争。有段时间，她知道窗后有一个男孩儿每天来听她弹琴，她弹得更加投入。可你知道吗，那是她生命中最后一段时光。谢谢你给了她最后的快乐和满足，让她有一个忠实的听众……"

　　女人说不下去了。

　　终于，女人擦擦眼泪，继续说："她临走时对我交待，如果有一天你再返回窗后，一定要让你听到音乐，我放的是她最后弹琴的录音……"

　　桉子听得呆呆的，心灵颤动，泪水恣意地在颊上流。

　　桉子说："阿姨，能把这盘带子给我吗？"

　　女人点点头，恭敬地把磁带递给桉子。桉子看见磁带上贴着一张照片，是一张清纯美丽的脸……

　　后来，桉子终于找到了一个女孩儿。那女孩儿一头乌发，有一张和弹琴女孩儿相似的脸。她虽然不会弹琴，但酷爱音乐。桉子拿出珍藏的那盘磁带让她放，琴声扬起的时候，桉子不在屋里，桉子守在他家的窗外听。

　　他们还常常一起去看那女孩儿的母亲。